# 非時宮《ときじくのみや》の番人

欧州妖異譚10

篠原美季

white heart

講談社X文庫

# 目次

キャラクター紹介
シモン・ド・ベルジュ
フランスの貴族でもある事業家・ベルジュ家の跡継ぎ。女性の視線が自然と集まる高雅な青年。ユウリとは、無二の親友。
ユウリ・フォーダム
日英のハーフ。幽霊や妖精《ようせい》の姿が見えたり、彼らと話ができたりする神秘的な力を持っているが、普段はおっとりした性格。

幸徳井《かでい》隆聖《りゅうせい》
ユウリの従兄弟《いとこ》。京都の
陰陽道《おんみょうどう》宗家の次代宗主。
キース・ダルトン
ケンブリッジ大学の学生。ユウ
リの父親の教え子。自他ともに
認める「快楽主義者《エピキュリアン》」である。
コリン・アシュレイ
イギリスの豪商、アシュレイ商
会の秘蔵っ子。オカルトに造詣《ぞうけい》
が深く博覧強記。

イラストレーション／かわい千草《ちぐさ》

# 非時宮《ときじくのみや》の番人

# 序章

（まさか――⁉）

男は、絶望の中で思う。

（時間が、動き出した⁉）

彼は、まだここにいるというのに、その彼を置いて、時間が勝手に動き出してしまったというのか。

だが、なぜ――？

なぜ、時は動き出したのか。

理由は、一つ。

彼が、アレを向こうに忘れてきたからだろう。

アレを置いてきてしまうことの危険性は重々承知していたはずなのに、うっかり、置き忘れてきた。そのため、何も知らない家族の誰かが、アレを使って時を動かしてしまったのだ。

おかげで、彼は、ここから戻れなくなった。

(頼むから、待ってくれ！)

男は、必死で願う。

(頼むから、私を置いていかないでくれ——!!)

だが、願いは空しく、彼が乗っていた茶色い小舟は水の流れの中に消え去り、今や彼一人が、茫洋《ぼうよう》とした白い空間に取り残された。

(ああ、頼むから、私を置いていくな!!)

恐怖と絶望に苛《さいな》まれながら希《こいねが》うが、一度、彼を置いたまま時が動き出してしまえば、元の時間の流れに乗るのは難しく、まして、時を戻すための使者が彼の手のうちにあるからには、彼が現世《うつしよ》に戻るのは、まずもって不可能といえた。

あとは、なんらかの方法でもって、この異次元の魔法を解ける人間が現れるのを、ひたすら待つしかない。

ただただ、ひたすら。

ある意味、永遠に——。

それまで、彼は、この時の狭間《はざま》で、大海に浮かぶ木っ端《こば》のように、寄る辺《よるべ》なく漂うことになる。

終わりなき漂流。

先の見えない日々。

それは、絶望以外のなにものでもない。

「ああ、誰か――」

ついに、彼の口から声が漏《も》れる。

何もない空間に、その声は空しく響いた。

その音すらも呑《の》み込む漠《ばく》たる時空。

「誰か、私を助けてくれ――!!」

# 第一章　ブレイク・アウト

## 1

イギリスの首都ロンドン。

ヨーロッパの主要都市であるこの歴史的な街には、季節を問わず、さまざまな人種が訪れるものだが、陽《ひ》が長くなる六月中旬は、ことさら人の多さが目立つ。

気候も温暖で過ごしやすく、道行く人の足取りは軽い。

フランス貴族の末裔《まつえい》であるシモン・ド・ベルジュが、ドーヴァー海峡を越え、ロンドン市内で買い物中のユウリ・フォーダムを強引につかまえた週末も、天候に恵まれ、なんとも気持ちのよい午後となった。

ふいの訪問であるにもかかわらず、相も変わらずスラリと優美なシモンが、困惑気味に隣を歩いているユウリに尋《たず》ねる。

「それで、次はどのお店？」

「……えっと、この近くに、母が好きな天然コットンを扱う店があるから、そこで、ベビー用品を見ようと思っていたんだけど」

そこまで言ったユウリが、「だけど、シモン」と提案する。

「別に、僕に付き合ってくれなくても、買い物なんて、別の日に改めて来ればいいだけのことだから、せっかく時間が空いたのなら、シモンの行きたいところに行かない？」

それに対し、片手を優雅に翻《ひるがえ》したシモンが提案を退ける。

「何を言っているんだ、ユウリ。強引に押しかけてきたのはこっちなんだよ。そんな僕のために、君が予定を変える必要はないし、そもそも、僕は、こうして、ユウリの買い物に付き合うのを楽しんでいるんだ」

それは、ユウリにも、なんとなくわかっている。

わかっているのだが、問題は、そんなところにあるのではなく――。

ひっそりと溜《た》め息《いき》をついたユウリが、通りの看板に目をやったところで、「あ、ここ」と言って、大きなショーウィンドウのある店を示した。

現在、二人は、日本にいるユウリの母親と姉のセイラ、さらには、まだ一歳にも満たない弟のクリスにお土産《みやげ》を買うため、メイフェア周辺に買い物に来ていた。――より正確に言うと、最初に買い物に来ていたのはユウリ一人で、シモンは、買い物途中のユウリを電話でつかまえ、合流した。

もともと、この週末は、それぞれ予定があって会わないことになっていたのだが、スコットランドでの予定が、相手の都合で急遽《きゅうきょ》キャンセルされてしまったため、意図《いと》せず身体《からだ》が空いたシモンは、これ幸いと、その足でロンドンにやってきたのだ。

なんといっても、長い夏休み。

前半は、日本とフランスという遠く隔《へだ》たった地で、それぞれ、家族と過ごすことになっているため、しばらくユウリの顔を見ることはなくなる。

その分を、今のうちに埋《う》めておこうというのだろう。

やってきた天然コットンを扱う老舗《しにせ》は、落ち着いたアースカラーで統一され、なんとも居心地《いごこち》がいい。

そこで、ユウリが商品を見ている間、シモンも、たまにはフランスにいる母親に何か買って帰ろうと思ったようで、勝手に店内を物色し始めた。

ややあって、会計に移ったユウリの肩を、シモンがトントンとつつく。

振り返ったユウリに、高雅な友人は親指で店の奥を指して言った。

「ユウリ。あの湯上がりガウンも可愛《かわい》くないかい？」

自分の母親のものを見ていたはずなのに、いつの間にか、目的《ターゲット》がベビー用品に変わってしまっている。

「ああいうのなら、いくつあってもいいだろうし、君さえよければ、僕が買ってもいいんだけど」

ユウリが、困ったように「だから、シモン」とやんわり断る。

「そんなことを言っていたら、きりがないって。――だいたい、さっきも、おもちゃを大量に買ってくれたばかりじゃないか」

つまり、この買い物における問題は、そこにあった。

今の勢いでいくと、そのうち、シモンが店ごと買い占めるとか言い出しそうで、ユウリは少々焦《あせ》っている。

欧州全域にその名を轟《とどろ》かせるベルジュ家は、イギリス貴族の子息であるユウリから見ても桁違《けたちが》いの金持ちであるとはいえ、シモンは、普段、それほど無駄遣《むだづか》いするタイプではないのに、なぜか、クリスのものだけは、箍《たが》が外れたように買いたがった。

これでは、まるで、孫のために散財を厭《いと》わないおじいちゃんのようだ。

だが、それを許してしまったら、あとで、ユウリが父親に怒られてしまうだろう。だから、ここは、珍しく頑として受け付けずにおく。

「とにかく、これ以上は必要ないよ」

「そう?」

「うん」

「……いいと思うんだけどね」

つまらなそうに言って肩をすくめたシモンを気にしつつ、ユウリがレジでクレジット・カードを渡していると、受け取った女性店員がチラッとユウリの背後に視線を流した。

おそらく、無意識だろう。

読み取り機にカードをくぐらせる仕草《しぐさ》がどこかそわそわと浮ついてしまうのも、やっぱり無意識の為《な》せる業《わざ》である。

その目が、再びチラッと背後に流される。

彼女が先ほどからついつい視線を流してしまっているのは、もちろん、ユウリの後ろに立っている友人が、あまりにも高雅で優美だからだ。

そのことを、ユウリは重々承知している。

なんといっても、そこにいるのは、奇跡の造形物ともいえるシモン・ド・ベルジュなのだ。見るなと言うほうが無理である。

太陽のように白く輝く金の髪。

南の海のように澄んだ水色の瞳《ひとみ》。

ギリシャ彫刻を思わせる相貌《そうぼう》にバランスの取れた体軀《たいく》は、まさに神の領域にあり、あたかも、その場に大天使が降臨したかのような神々しさを放っている。

その圧倒的な存在感には、身近にいるユウリ自身も魅了され続けているとはいえ、どこにいても人の目を惹《ひ》かずにはいられないという点のマイナス要素については、正直、同情を禁じ得ない。

当人にしてみれば、人の視線など疎《うと》ましい以外のなにものでもないだろうが、幸い、シモンの場合、存在があまりにも神々しすぎて、その辺の人たちは、おいそれと近づけないという利点があった。

そういう意味では、ユウリの知り合いに、同じように恵まれた容姿とカリスマ性を持ってはいるが、シモンほどには存在が超越していないうえ、若手俳優という職業柄、ところかまわず握手やサインを求められてしまう人気者もいて、彼の苦労などは計りしれない。

どちらにせよ、日頃の彼らを見ている限り、自分は凡庸な容姿でよかったと、ひっそりと胸を撫《な》で下ろすユウリである。

もっとも、そういった本人の自覚よりは、ユウリ・フォーダムという人間は、実は人の気にかかる存在であった。

特に、自己主張の激しい欧米にあっては、日本人の血を引くユウリの奥ゆかしさが、逆に存在を際立たせるようなところがあって、そこに、イギリス子爵《ししゃく》の家に生まれ育った気品が加わり、その東洋的な風貌は、実に好ましい印象を他者に与える。

黒絹《くろぎぬ》を思わせる髪に煙るような漆黒《しっこく》の瞳。

透明感のある肌が、青年にあるまじき清涼感を醸《かも》し出す。

今も、自然な流れで守るようにユウリの背後に陣取るシモンは、かつて留学していたイギリス西南部にあるパブリックスクール時代から儚《はかな》げな友人の庇護者《ひごしゃ》を自負していて、イギリスとフランスという地理的に離れ離れになった今も、その地位を他者に譲る気は毛頭ないようだった。

そして、そう豪語できるだけの実力と財力があるのが、シモン・ド・ベルジュという人間である。

その証拠に、こうして、ふいな訪問を可能にしている。

そんな二人は、自他ともに認める親友同士で、この夏休みも、前半は、それぞれが家族とゆっくり過ごすことになっているが、後半は、まずシモンが日本に渡ってユウリに各地を案内してもらい、その後、帰国するユウリを伴って、シモンの実家のあるフランスで数日を過ごしたのち、ユウリ一人がイギリスに帰ることになっていた。

つまり、なんだかんだ言っても、長い休みのほぼ半分を共に過ごす予定だ。

それでも、日頃、週末くらいしか会えないシモンにしてみれば、一緒にいられる時間が短すぎると思うくらいであるのに、店を出たあと、午後のお茶をするために入ったホテルのティールームで、なんとも残念な話が持ち上がる。

応接室《ドローイングルーム》として設《しつら》えられた趣《おもむき》のあるティールームでは、伝統的なアフタヌーン・ティーが楽しめるのだが、プレートに盛られたサンドウィッチやスコーンやプチ・ガトーなどに手をつけ始めたところで、ユウリが言い出した。

「そういえば、夏休みのことなんだけど」

「ああ。予定なら、もうばっちり組んであるよ」

「……そう……だよね」

なぜか、躊躇《ためら》いがちに相槌《あいづち》を打ったユウリに対し、シモンが訝《いぶか》しげに尋ねる。

「もしかして、何か問題でも？」

「いや、問題というほどのことではないんだけど、実は、シモンが来る前に、ダルトンが来ることになって」

とたん、紅茶のカップに伸ばしかけていた手を止め、シモンが水色の瞳でまっすぐにユウリを見やった。

「ダルトンが、日本に？」

「うん」

「それは、けっこうヘビーな問題じゃないか」

「まあ、そうとも言えるね」

うつむきがちにスコーンを割っていたユウリは、その手を休めて説明する。

「実は、前に一度、同じような話が持ち上がった時には、諸々の事情で、ダルトンが行きそびれてしまったというのがあって」

すかさず、シモンが合いの手を入れる。

「もちろん、覚えているよ。ローマの時だろう?」

「そう」

話題にあがった「ローマの時」というのは、ダルトンの友人が、ローマの発掘現場で古代の呪《のろ》いに触れて危険な状態に陥《おちい》ったことで、その際、日本行きの話を打診されていたダルトンは、友人のために泣く泣く辞退している。

「それで、父が、その時の埋め合わせに、今回、真っ先にダルトンに声をかけたら――」

シモンが、静かにあとを引き取った。

「一も二もなく話に乗ったというわけだね。――まあ、そんな美味しい話を、あの人が二度も断るはずはないし」

「……そうかな?」

意外そうに首を傾《かし》げたユウリが、念のため、付け足す。

「でも、夏休み中だし、父も、どうするか最初は悩んだみたいなんだ」

「逆じゃないかな」

「逆?」

「そう。むしろ、夏休みだから、いいのだと思うよ。――当然、ダルトンは、そのましばらく日本に滞在するつもりでいるんだろう?」

「ああ、うん。そう」

友人の声音が若干《じゃっかん》悩ましげであるのを感じ取ったユウリが、少々言いにくそうに、「だから、そういうわけで」と先を続ける。

「東京で開かれる特別公開授業の間は、もちろん、父が、ダルトンの面倒を見てくれるからいいとして、そのあと、フリーの滞在中は、やっぱり、後輩である僕が案内するのがいいだろうということになって」

「別に、ダルトンなら、放っておいても大丈夫だろうけどね」

「あ、やっぱり？」

「そう思うよ」

「父も、同じように考えていたみたいだけど、でも、だからといって、本人が一人で行動するのを望むならともかく、僕がいるのに、それは薄情すぎるだろうということで、案内することになったんだ」

「――まあ、確かに、正論といえば正論だね」

しぶしぶ認めたシモンが、訊《き》く。

「それで、ダルトンは、どれくらいの期間、フリーで滞在するつもりなんだい？」

「イギリスでの用事もあるから、最長でも一週間だって」

「一週間……」

「ただ、そうなると、二、三日、シモンの日程と重なってしまうから、なんなら、シモンは、予定をずらして来てもらったほうがいいかと思って」

「そのようだね」

あっさり認めたシモン。

シモンの場合、すでに何度か日本を訪れているとはいえ、はるばるやってきた異国の地であれば、やはり、人の予定に合わせて動くよりは、自分が行きたいところに行くほうがいいだろう。

そう思って、ユウリは渡航を遅らせるように提案したつもりだったが、シモンの答えは違った。

「わかったよ、ユウリ。そういうことなら、なんとか予定を調整して、早めに行くようにする」

「――――え？」

聞き間違えかと思ったユウリが、マジマジと友人を見つめて繰《く》り返す。

「早めに？」

「うん」

「なんで？」

「もちろん、ダルトンの観光に付き合うためだよ」

「でも」

ユウリが、驚いて確認する。

「たぶん、ダルトンは、初めての日本だから、京都の清水寺《きよみずでら》とか、東京の秋葉原《あきはばら》とか、パリでいえば、エッフェル塔や凱旋門《がいせんもん》みたいな、シモンがすでに行ったことあるような有名な観光地を見たがると思うよ？」

「だろうね」

「だったら、一緒に回っても、シモンはつまらないんじゃ」

「確かにつまらないと思う。でも、事情が事情だからしかたない。——それとも」

そこで、シモンが身を乗り出し、間近にユウリを見つめて、問う。

「ユウリは、一週間、あの人と二人きりでいて、彼のペースに巻き込まれずにいる確固たる自信があるのかい？」

「え……？」

ユウリが、つっと視線を逸《そ》らして曖昧《あいまい》に答える。

「……それは、まあ」

「本当に？」

「う……ん」

「相手が、あのダルトンでも？」

「…………」


重ねて問われたところで、ユウリは、返事を躊躇って視線を泳がせた。

自信があるかと訊かれたら、正直、「ない」としか言いようがない。

それでも、何かあれば、その時はその時で、ユウリとしては、何事も起こらないようにがんばるしかないと思っていたのだが、シモンは、その曖昧さを認めないようだ。

話題にあがっているキース・ダルトンは、現在ケンブリッジ大学の学生で、科学者として教鞭《きょうべん》をとるユウリの父親の教え子でもある。ただ、それ以前に、ユウリとシモンが在籍していたパブリックスクールの先輩で、寮も同じであったため、二人とはそれなりに面識があった。

そんな彼らにとっての一番の問題は、全寮制の男子校であったパブリックスクール時代から今に至るまで、ダルトンの異名が、常に「快楽主義者《エピキュリアン》」だったことにある。

ユウリ自身、実態は知らないとはいえ、件《くだん》の元上級生が常日頃醸し出す男の色気のようなものは肌で感じていて、その異名が伊達《だて》ではないのは、なんとなく理解している。

それゆえ、たいがいの人間とは分け隔てなく付き合えるユウリが、珍しく警戒する相手ではあるのだが、普通に接していれば、とても優秀で頼りになる先輩であるため、ユウリはダルトンの趣味嗜好《しこう》のことは、あまり気にしないようにしている。

だが、どうやら、シモンにとっては、気にする、しないどころの問題ではないらしい。

「だけど」

ユウリが、言う。

「だからといって、シモンがわざわざ予定を調整してまで来るというのも――」

なんとか翻意させようとするが、シモンは人差し指一つで、それを止めた。すでにスマートフォンを取り出していて、軽やかに操作しながら宣言する。

「悪いけど、もう、決めたことだから」

たぶん、メールの相手は秘書だろう。

こうなったらもう、シモンの考えを変えさせるのは難しく、小さく溜め息をついたユウリは、諦《あきら》めて窓の外に視線をやった。

こんなつもりではなかったのだが――。

確かに、ダルトンの相手をするのにシモンが一緒にいてくれるのは、ユウリとしては心強い。ただ、その分、またシモンの負担を大きくしているかと思うと、情けなくなってくるのも否めなかった。

ちょっとした自己嫌悪に陥っていたユウリの耳に、その時、メールを打っているはずのシモンの面倒《モン・デイウ》くさそうな声が届く。

「……ああ、まったく」

顔を戻したユウリの前で、スマートフォンを持ったまま、シモンが天を仰いだ。

興味を惹かれたユウリが、訊く。

「どうかしたの？」

「いや、城にいる妹たちからメールが届いて、ロンドンで買い物をしているのなら、『プレスタット』のチョコレートを買ってこいって」

「へえ」

「おそらく、さっき、母にテーブルクロスの色のことでメールをしたのがいけなかったんだな。母と子で情報が筒抜けになっている。——まあ、でも、見なかったことにすればいいだけの話だから」

あっさり言ってスマートフォンをしまおうとしたので、ユウリが慌《あわ》てて主張する。

「ダメだよ。彼女たち、楽しみに待っているだろうから、買って帰らないと。ここからなら、そう遠くないし、今から行こう」

「わざわざ？」

「エリア的に、『わざわざ』というほどの距離ではないし、なんだったら、『ペンハリガン』の香水、セイラ、好きだから買おうかなって」

チョコレート店の近くにある老舗の香水店の名前をあげたユウリが、その勢いでシモンのスマートフォンを指さす。

「だから、マリエンヌとシャルロットに、『了解《ダコール》』って返信をしたらいいよ」

肩をすくめたシモンが、それでも、スマートフォンに指を滑《すべ》らせる。滑らせながら、小さく苦笑した。

「ユウリは、本当に彼女たちに甘いね。……まあ、あの二人に限らず、年下には、押《お》し並《な》べて甘いのか」

「別に、そんなこともないけど」

「そう？」

まったく信じていない様子のシモンがメールを打ち終わったところで、ロワールの城で待っている天使のごとく愛らしいシモンの双子の妹たちとの約束を果たすため、二人は肩を並べて、午後の陽射《ひざ》しの下に出ていった。

## 2

「英国王室御用達」である老舗のチョコレート店は、派手なピンクを中心に、全体的にかなりポップな色合いをした店だった。

量り売りでチョコレートを見繕《みつくろ》ったシモンが梱包《こんぽう》と配送を頼んでいる間、ユウリは、試食に出されたチョコレートをつまみつつ、人で賑《にぎ》わう通りを眺《なが》める。

王侯貴族のエリアであるセント・ジェームズ地区が近いピカデリー周辺は、落ち着いた雰囲気の店舗が多く、すぐそばにある老舗書店ハッチャーズは、ユウリとシモンも、パブリックスクール時代から、ロンドンに出てきた際によく利用していた。

ガラス窓を通して見る街の様子は、この時期、午後遅くなっても陽がさんさんと照っていて、いつもより浮かれている。

道行く人たちは、このあとどこに何をしに行くのか。

さまざまな人生が、一瞬だけ交錯《こうさく》する偶然をぼんやりと眺めていたユウリの目に、その時、信じられないものが飛び込んでくる。

(――え？)

驚いたユウリは、チョコレートを口に運びかけた状態で固まり、そのまま、それに見入る。

通りを行く、人、人、人。

ジーンズ姿の若者もいれば、ステッキをつく英国紳士もいて、他にも涼しげなワンピースを着た女性や大きなリュックを背負ったバックパッカーの姿もある。

そんな人々が闊歩《かっぽ》する足の間に紛れ、今、あるものが、低い位置を通過するところだった。

前後に揺れる、独特な動き。

頭に赤い鶏冠《とさか》を載《の》せた、白い鳥。

（ニワトリ……？）

口を開けたまま静止していたユウリは、通り過ぎる鳥の姿を追って、ゆっくりと顔を動かした。その姿が視界から外れたところで、口元で止まっていたチョコレートを口中に放り込み、慌てて入り口に駆《か》け寄る。

ドアに手をついて表を確認し、その流れで出ていきかけたが、その前にシモンが背後から腕を摑《つか》んで呼びとめた。

「ユウリ」

「――え？」

振り返ったユウリを、シモンが呆《あき》れたように見おろす。

ていたよね？」


「『え？』じゃないだろう。——君、今、完全に僕を置いて、一人でどこかに行こうとし
ていたよね？」

「——あ、いや」

　バツが悪く言葉をつまらせたユウリは、背後を気にしつつ言い訳する。

「ごめん。置いていくつもりはなかったけど、ちょっと気になるものが見えたから、それ
がどこに行くのか、確認しようと思って」

　それに対し、腕を放したシモンが「ほら」と溜め息をついて指摘した。

「やっぱり、一人で行こうとした」

「……でも、すぐ戻るつもりだったし」

「どうだかね」

　肩をすくめたシモンが暗に言いたいのは、ユウリに戻る気があっても、状況がそれを許
さないケースはしょっちゅうあるということだ。

　一拍置いたシモンが、訊く。

「——それで、気になるものというのは？」

「それが……」

　背後を振り返ったユウリが、答える。

「ニワトリを見たように思って……」

「ニワトリ？」

店のドアを開け、ユウリを反転させて先に通したシモンが、意外そうに繰り返す。

「それって、生きているニワトリのこと？」

「うん。普通に歩いていたから」

「ピカデリーのアーケード街を？」

「……そう」

混雑する通りに出たところで、シモンが現実を受け入れがたそうに確認する。

「ユウリの見間違いではなく？」

なんといっても、ここは大都市ロンドンのど真ん中で、ニワトリがひょこひょこと歩いていていいような場所ではない。

もちろん、そんなことは、ユウリだってわかっている。

だからこそ、一瞬、シモンの存在を忘れるくらい驚いたのだ。

額《ひたい》に手を当てたユウリが、呟《つぶや》く。

「見間違いかなあ……」

そう言われてしまえば、そうかもしれないが、それにしてははっきりと見えすぎた感がある。

「う〜ん。あれが、見間違いとなると……」

考え込むユウリから通りに視線を移したシモンが、ふと何かに気づいた様子で、南の海のように澄んだ水色の瞳をすがめた。

遠くを見つめたまま、「あるいは」と推測する。

「誰かが運んでいた看板に、ニワトリの絵が描かれていたとか」

「——看板?」

あまりに具体的な推測を訝しく思ったユウリが、顔をあげてシモンを見れば、フランスの貴公子は、優美な立ち姿で路地裏に抜ける細い通りを顎《あご》で示し、「たとえば、あんな看板だけど」と言った。

そこに、戯画化《ぎがか》されたニワトリの絵の描かれた小さな看板が立っていた。

近づいて見ると、その看板には、ニワトリの絵と一緒に店の名前と矢印が書かれ、その矢印が示すほうへ数メートル歩いたところに、開け放たれた水色の扉があった。その扉にも、ニワトリの絵の描かれた看板がかかっている。

「どうやら、ここの二階に店があるようだね」

「なんのお店だろう?」

ユウリの疑問に対し、ドアの前に置かれた小さなテーブルから店の名刺を取ったシモンが、「どうやら」と答える。

「ニワトリのグッズを集めたショップのようだよ」

「ニワトリのグッズ？」

「うん。犬や猫のデザインを集めたお店はよく見るけど、鳥というのは、初めてだな。しかも、フクロウならまだしも、ニワトリとは」

「確かに」

同意しながら、階段の上を覗《のぞ》き込んだユウリに対し、シモンが背後から問う。

「見てみるかい？」

「うん」

そこで二人は、人一人がようやく通れるくらいの狭く急な階段をのぼって、二階にある店へと入っていった。

こぢんまりとした店内には、想像どおり、所狭しとばかりにニワトリのグッズが置いてある。エプロンやTシャツ、テーブルクロスやランチョンマット、食器類から家具、小物まで、「ニワトリ」をテーマに、ありとあらゆるものが揃《そろ》っている。

「いらっしゃいませ」

店の奥から声をかけてきたのは、三十代くらいの恰幅《かっぷく》のいい女性で、おっとりとした家庭的な雰囲気《ふんいき》の中にもやり手な押しの強さを持っている。

まさに、好きが高じて商売を始めてしまいました——といった感じだが、どんなに狭くとも、こんな場所に店を出すからには、それなりのバックボーンがあるのだろう。なんといっても、ここは、首都ロンドンの一等地だ。ポートペローやハムステッドなどとは、訳が違う。

珍しい取り合わせが入ってきたと思ったらしく、女性がユウリに話しかける。

「何か、お探しですか？」

「――ああ、いえ」

まさか、歩いていたニワトリを追ってきましたとは言えず、ユウリが返答につまっていると、近くの棚からニワトリのぬいぐるみを手に取っていたシモンが、会話を引き受けてくれる。

「散策をしていたら、たまたま看板が目に入って、ニワトリというのは珍しいと思って覗きにきました」

とたん、女性の目がシモンに吸い寄せられる。

もちろん、入ってきた瞬間からその圧倒的な存在に見惚《みと》れていたのだが、会話をすることで、堂々と見ることができると思ったのだろう。

おかげで、ユウリは、ゆっくりと店内を物色することができた。

だが、いくら探っても、先ほどのニワトリが出てくる気配《けはい》はない。

やはり、ただの見間違いかと思い始めたユウリの耳に、その時、コトンと、小さな音が聞こえた。

ハッとして振り返ったところに、ニワトリの置物が大量にあった。

大きいものから小さいものまで、ありとあらゆるニワトリが揃っている。

材質も、木彫りのものから、ガラス、陶器、中には水晶や瑪瑙《めのう》など、鉱石で成形されたものまであり、ニワトリが持つ丸みを思うと、案外、ツルツルした触感のほうが、なんとも言えない愛嬌《あいきょう》を醸し出していて可愛らしいというのがわかった。

そんな中、ユウリの目を惹いたのは、コロンと横倒しになった、ところどころ茶色く変色した照りのある小物だった。

（……もしかして、呼んだのはこれかな？）

手に取ったユウリは、それが、根付《ねつけ》であるのに気づく。

象牙彫《ぞうげぼ》りの根付。

根付というのは、江戸時代、日本で流行った小物で、主に印籠《いんろう》などを帯に吊《つ》り下げるために使われた。そのため、根付の条件としては、基本、帯を傷つけないよう丸みがあって突起がない形状で、印籠を吊り下げる紐《ひも》を通すための穴が二つあいていることがあげられる。

もちろん、例外はたくさんあるとはいえ、少なくとも、この条件に当てはまれば、それは、根付と考えて差し支えない。

そして、ユウリが手にしたニワトリも、まさにその条件に当てはまっていた。

しかも、象牙彫りの根付が流行ったのは江戸時代なので、年季の入り方から見ても、間違いなく古根付の部類に入るだろう。

照り具合といい、彫りの繊細さといい、日本でも数十万円はくだらないだろうし、ロンドンのオークションに出せば、その人気ぶりからして、五万ポンドを超える可能性だってあるというのに、値札に書かれた値段は、わずか五十ポンドだ。

桁が違う。

違いすぎる。

店主が、どういう経緯でこれを手に入れたのかはわからないが、おそらく骨董《こっとう》には不案内で、まして日本の根付など、まったく知らないに違いない。

まさに掘り出しものである。

もっとも、ユウリの場合、それで儲《もう》けるという気はなく、ただ、呼ばれたような気がしたので、その根付を買うことにした。

その際、親切にも、女性にそのものの価値を説明しようとしたのだが、気づいたシモンが、その隙《すき》を与えず、手にしていた丸いニワトリのぬいぐるみを一緒に買うように仕向けて、会計を終わらせてしまった。

結局、値札どおりの値段で買ったユウリは、店を出たところで、後ろ髪を引かれたように背後を振り返りながら言う。

「本当に、この値段で買ってしまってよかったのかなあ」

そんな友人の人の好さに微笑《ほほえ》みながら、シモンが冷静に応じる。

「当たり前じゃないか。値切ったわけでもないし。——そもそも、骨董の値段なんて、あってないようなものだからね。つまり、ついていた値段が、そのものの値段ってこと」

むきだしのぬいぐるみを投げあげながら説明するシモンに対し、「でも」とユウリは反論した。

「彼女、きっと、この価値を知らないだけだから」

「それだって、ユウリが気にすることではないよ。少なくとも、仕入れ値より安く売ることはないだろうから、そのものの価値を知らなかったとしても、それで彼女が損をしたわけではない。チャンスがあったのに、大儲けできなかったのは確かだけど、それは彼女の勉強不足が原因であって、君が悪いわけではない。言ってみれば、自業自得《じごうじとく》だ」

「……そんなもの?」

「そんなものだよ」

あっさり応じたシモンが、「そんなことより」とユウリの気を逸らすように、話題を変えた。

「それが、君の気になっていたもの?」

「……たぶん、そうだと思うけど」

頷いたユウリは、歩きながら、手に入れたばかりのニワトリの根付を眺める。

それは、見れば見るほど、愛嬌のあるニワトリだった。

だが、決して戯画化されたものではない。

精緻《せいち》な彫りこみは、羽の流れを見事に表現していて、赤い鶏冠は珊瑚《さんご》でできているようである。

ひっくり返して見た足裏には、漢字で「時」と刻印が入っていた。

作者の名前か。

あるいは、この作品の銘《めい》か。

江戸時代、ニワトリが時を告げる存在であったことを思えば、銘である可能性も否定できない。

全体的に茶色がかったオフホワイトの色合い。さらに、摩耗《まもう》による丸みと照りが、なんともいえない味わいを醸し出している。いわゆる「なれ」と呼ばれる古根付特有の風合いだ。

「根付だね」

横から言ったシモンが手を差し出してきたので、ユウリはその手に根付を載せてやりながら、応じる。

「たぶん、江戸時代のものじゃないかな」

「うちの城にもまとまったコレクションがあるけど、根付は、好事家《こうずか》が多いようで、よく問い合わせが来るよ」

「へえ。でも、わかる気がする。なんか、手に持った時の収まりがいいから、妙な愛着が湧《わ》くんだよね、根付って」

「なるほど」

指先でつまんで眺めていたシモンが、その時、「あれ?」と言って、根付を振った。

「大きさに比べて妙に軽いと思ったら、中が空洞になっているみたいだ。——しかも、何か入っているようだし」

「え、ホント?」

受け取ったユウリが、同じようにカラカラと振ってみてから、「ホントだ」と呟いて、改めて眺める。

「……これって、もしかして」

「なに?」

「細工物かもしれない」

「細工物?」

「うん。——ほら、よく見ると、ここに、吸い口のような穴があいていて、息を吹き込めるようになっているんだ。たぶん、ここから息を吹き込むと——」

説明しながら、ユウリは、実際にニワトリの尾の先に唇をつけ、フウッと息を吹き込んだ。

とたん――。

ピイイイイイッと。

半ばかすれた甲高い音が響く。

突然の音に、近くを歩いていた通行人が、驚いてパッと振り返った。

「ユウリ」

慌ててユウリの手を押さえたシモンが、その手をおろさせながら注意する。

「気をつけて」

「ごめん」

まさか、本当に音が出るとは思っていなかったユウリは、焦ってカメのように首をすくめた。

ややあって、人々の注意が逸れたところで、二人は、改めて根付を見た。

「――でも、やっぱり、笛になっているんだ」

「そのようだね。――そういうの、多いのかい？」

「どうだろう。笛というのは珍しいけど、江戸時代あたりの職人さんって、遊び心に富んでいたみたいで、根付に限らず、けっこう細工物とかはあったみたいだよ」

「ふうん」

感心したように相槌を打ったシモンが、「だけど、そもそも」と根本的なことを問いかける。

「その根付が、なぜ、君の注意を惹いたんだろう?」

「――さあ」

それは、ユウリにもわからず、首を傾げながら根付を見おろし、少し考えてから言った。

「もしかして、音を鳴らしてほしかったのかな?」

「なんのために?」

「わからないけど、ヒマだったから……とか?」

そこで顔を見合わせた二人は、急にすべてがバカバカしくなり、いつものごとく老舗書店のハッチャーズに寄ってから帰ることにした。

3

数日後。

イギリス南東部のケント州にあるウッシャー邸を、一人の青年が訪れていた。

産業革命以降、急速に勢力を伸ばしたウッシャー家ではあったが、新しい波であるIT革命についてゆけず、ここ数年で、今度は急速に資産を失った。

まさに、栄枯盛衰《えいこせいすい》だ。

そこで、財産整理をするため、先祖が蒐集《しゅうしゅう》した書籍や美術品のコレクションをオークションにかけることになったのだ。

それに先立ち、名高いウッシャー家の古書コレクション——中でも特に、十八世紀から十九世紀にかけて蒐集された魔術書のコレクションを見に、その青年は来ていた。

書斎の窓は北側にあって、一年中、直射日光が当たらないようになっている。

暗すぎず、かといって自然光に溢《あふ》れているというわけでもない程よい薄暗さの中で、その部屋は、堆積《たいせき》した時間とともにひっそりと静まり返っていた。ドアのそばにある大きなスタンドの照明が、笠《かさ》の下から柔らかいオレンジ色の光を投げかける。

本棚の前に立って抜き取った本を検分する青年に向かい、ソファーに座り、スコッチウィスキーのグラスを傾けているこの家の当主――チャールズ・ウッシャーが訊いた。

「それで、どんなもんかね？」

「まああだな」

品評としては、あまりいいほうではないだろう。少なくとも、わざわざこのためだけに時間とお金をかけて訪ねてきた青年の興味を惹くようなものは、なかったようだ。

「……まあまあか」

自分より二回り――いや、どう見てもそれ以上若い青年の発した言葉に、チャールズ・ウッシャーが小さく肩をすくめた。年齢差を考えると、青年の態度は、明らかに傲岸不遜《ごうがんふそん》であるが、それが許されてしまうだけの迫力が、彼にはあった。きっと、一国の首相や国王が相手でも、同じような結果になるだろう。

ウッシャー家の当主が苦々しげに言う。

「手厳しいね」

「そうでもない。オークションにかければ、にわかファンの間で、それなりの値がつくだろう――と言っているんだ。ただ、正直、すでに、それなりのコレクションを持っているような連中には、この手の廉価本は見向きもされない。言ってみれば、流行に乗って乱発されたまがいものばかりだからな」

「つまり、君も、運悪く、無駄足になったわけだ？」

「――さて。それはどうだか」

手にしていた本を戻し、青年は振り向いた。底光りする青灰色の瞳が年上の男をまっすぐに見すえ、不敵に細められる。

「言っておくが、無駄足になる、ならないは、運ではなく、その人間の持つ視野の広さで決まるものだ。つまり、無駄足を踏む人間というのは、俺からすると無能ってことになるわけだが」

負け惜しみともいえる台詞《せりふ》だが、この青年が言うと、まったくそうは聞こえないから不思議だ。

スコッチウィスキーをすすったウッシャー家の当主が、グラスを掲げて言う。

「さすが、噂《うわさ》どおりだな。コリン・アシュレイ君。神をも見くだす傲慢な青年。だが、悪魔のごとく頭が切れ、かつ、大胆不敵で狙《ねら》った獲物は逃さない。――まだ高校生だった君が、並みいる猟書家たちを出し抜いて、散逸《さんいつ》しかけたスペンサー家の魔術書コレクションを総取りした話は、今や伝説となっている。それなのに、実際に君に会った人間は意外に少なく、その存在自体が、正直、伝説と化していたから、私も、実在するのかどうか、半信半疑でいたんだが……」

そこで、マジマジと青年の姿を見て、満足げに続けた。

「本当に、存在したんだな」

年上の男の口から語られた話を、どうでもよさそうに肩をすくめて受け流したアシュレイは、顎で、サイドボードの上に載っている木箱を示して、言った。

「それは?」

チャールズ・ウッシャーが、夢から覚めたようにハッとして、アシュレイの姿からサイドボードに視線を転じて応じる。

「ああ。それは、うちの先祖が手に入れたもので、二百年前の日本で使われていた煙草入《たばこ》れだよ」

説明の間、サイドボードに近寄って件の美術品を覗き込んでいたアシュレイに、ウッシャーがおもしろがるように訊いた。

「もしかして、それに興味があるのかい?」

「まあな」

「だが、残念ながら、それは、もうクリスティーズのオークションに出すことが決まっているんだよ。——仲介してくれたミスター・シンからは、『コリン・アシュレイが、我が家の魔術書のコレクションに興味を示しているから、事前に閲覧できるよう取り計らってほしい』としか聞いていなかったもので、てっきり、美術品のほうは関係ないと思ってしまってね」

「……クリスティーズねえ」

根付などを扱うなら、クリスティーズよりボナムスだ。サザビーズ、クリスティーズに並んで由緒あるオークションハウスであるボナムスは、二〇一〇年にサザビーズの日本美術部門がごっそり移って来て以来、その手の美術品鑑定において、最も権威のある機関となっている。

ただ、ウッシャー家のコレクションは印籠だけではないようなので、まとめて売り立てるには、やはりクリスティーズが便利でよかったのか。でなければ、先代から続く付き合いがあるのかもしれない。

そう思いつつアシュレイは、ウッシャーいわく「煙草入れ」を手に取って眺めた。

それは、変わったデザインの印籠だった。

金地の表面には、漢数字で時刻の振られた時計が組み込まれていて、時計の右側には、片腕に蛇《へび》を巻きつけ、もう片方の腕に鍵束《かぎたば》の輪を持った男が立っている。ただし、その輪に、肝心の鍵はついていない。

左下方に、小槌《こづち》。

裏を返すと、そこには、鼈甲《べっこう》で細く小さな舟が象嵌《ぞうがん》されていた。小舟が漂っているのは、どこであるのか。

舟のまわりには、白や青の貝殻で象嵌した草花が生い茂っている。

その様子は、どこか穏やかで、過酷な船旅というよりは、優雅な川下りといった雰囲気だ。

さらに、印籠から伸びた紐の先には、象牙彫りの虎《とら》の根付がついていた。

それらすべてが、精緻で、見事な工芸品といえるだろう。

しかも、時計は、今もって時を刻んでいる。

「この時計は、ネジ式だな?」

「そう。クリスティーズの人間が、鑑定中に、たまたま、そこにくっついている虎の小物の中にネジが隠されているのを見つけてね、動かしてみてくれと言われたのでネジを巻いたら動いたんだ。まさか動くとは思っていなかっただけに、驚いたよ」

「虎ねえ……」

アシュレイが、手の中の根付を見おろし、小声で付け足す。

「……それは、おかしい」

だが、少し耳が遠くなっているらしい老ウッシャーの耳には届かず、代わりに、彼は誇らしげに自慢する。

「オークション会社の話では、おそらく、かなりの額になるだろうと」

「だろうな」

箱の蓋《ふた》には、きちんと箱書きもされていて、「時阿弥」と「非時宮」という二つの文字列が判別できた。おそらく、「時阿弥」が制作者の名前で、「非時宮」が銘を表している。

印籠を布張りの箱に戻したアシュレイは、印籠を囲むように穿《うが》たれている十二個の小さな穴について、訊く。——正確には、印籠についている虎と、時計で言うところの四時の方向の穴に収まっている龍《りゅう》の根付をのぞく十個の穴についてだ。

「ここにあったはずの他の根付は？」

「ね——？」

どうやら、「根付」という日本語がわからなかったらしく、言葉自体を訊き返されてしまったので、アシュレイはわかりやすいように言い直した。

「この穴に、この虎や龍と同じような小物が収まっていたはずだが、それは、すでに散逸したのか？」

「ああ」

質問を理解したウッシャーが、「たぶん」と答える。

「そうだと思う。なにせ、私が、先祖の夢を見て、その箱を捜《さが》し出した時には、すでにその状態だったから」

「夢？」

「ああ」

「先祖の夢を見たのか？」

「そうなんだよ」

そこで、グラスにスコッチウィスキーを注《そそ》ぎ足し、いちおう瓶《びん》を掲げ勧めるが、アシュレイが首を振って断ったので、瓶を置いて話を進めた。

「ちょっと前になるが、奇妙な夢を見てね。肖像画でしか見たことのない先祖が出てきて、私に、『時を動かせ』と迫ったんだ」

「『時を動かせ』？」

訝しげなアシュレイに対し、彼は「うん」と頷く。

「私も、最初はなんのことかわからなかったんだが、その先祖というのが、なかなか曰《いわ》くつきの人物で、十九世紀に日本に渡り、我が一族に巨万の富と、その煙草入れをもたらした。ただ、晩年が悪く、彼は、ある夜、忽然《こつぜん》と姿を消したと言われている」

「行方不明ってことか？」

「そうなるね。この書斎で寛いでいたはずの彼がふいにいなくなり、あとには、その煙草入れとウィスキーグラスと葉巻だけが残されていたのだそうだ。しかも、葉巻からは、まだ煙が立ち上っていたというから、その様子は、あたかも、一瞬前まで、彼がそこにいたような状態だったのだろう。——なかなかの話だと思わないか？」

「ああ」

青灰色の瞳を細め興味深そうに頷いたアシュレイに、ウッシャーが言う。

「そんな先祖が、夢に出てきて『時を動かせ』と迫ったのなら、まず間違いなく、この煙草入れのことだと思いついて、すぐさま、屋根裏部屋を捜しまわったんだよ。それまで、話には聞いていたけど、私は実物を見たことがなかったんだが、なんとか見つけることができた」

「なるほど」

相槌を打ったアシュレイが、箱の中から龍の根付を取りあげながら「つまり」とほくそ笑む。

「俺は、やはり、運がいいということだな」

それから、彼は、ウッシャー家の当主に、ある取引を持ちかける。

イギリスの片田舎にある鄙《ひな》びた洋館。

その古き良き書斎で、今、一つの怪しい企てが動き始めた。

## 4

コケコッコー。


どこかで、ニワトリが鳴いていた。

おそらく、朝が来たのだろう。

古今東西、ニワトリは、朝を告げる存在として、人々に可愛がられてきた。ニワトリの鳴き声なくして、夜は明けない。

となれば、当然、夜に活動する魑魅魍魎《ちみもうりょう》たちは、ニワトリの鳴き声を耳にしたら、すごすごと地底の暗がりに引き下がるしかない。

ゆえに、ニワトリは、魔を祓《はら》うと考えられてきた。

あるいは、寝ている者たちを叩《たた》き起こし、動き出せ、動き出せと、尻《しり》を叩く。


あらゆる者たちよ、起きろ。

寝ている者も、死んだ者も。

起きろ。

起きろ。

起きて、今こそ動き出せ。

止まった時間も、ネジを巻き、チクタク、チクタク、動き出せ。

起きろ。

　起きろ。

　　起きろ――。


ユウリは、目が覚めた。

起きる直前、鳥が羽をバタつかせる、バサバサという音を聞いたように思う。

ベランダに、カラスでも来ていたのだろうか。

そのわりに、例のカアカアとうるさい鳴き声はしていなかったようだが、そうなると、聞こえたように思う羽音も、夢の一環だったのか。

（それに、そうだ。――夢）

寝ぼけ眼のユウリは、自分がものすごく変な夢を見ていた気がして、横になったまま首を傾げた。

いろんな動物が出てきたようだが、はっきりと覚えていない。

ただ、その顔触れが何かを思い出させたのは、うっすらと記憶にあった。

(問題は――)

それが、なんなのか。

(う～ん)

起き上がり、黒絹のような髪をかきあげながら、ユウリは唸《うな》る。夢の中の混乱が尾を引いているのか、妙にすっきりしない目覚めだ。

(なんだかなあ……)

もやもやした気分でベッドを降りたユウリは、洗面所に向かいかけたところで、パジャマからヒラヒラと舞い落ちたものに気づいて、足を止める。

(――?)

拾いあげてみると、それは、白い羽根だった。

大きさからみて、ハクチョウとか白鷺《しらさぎ》とかニワトリなんかの羽根である。

(……ニワトリ)

羽根をクルクルと回しながら考えていたユウリは、ややあってパッと振り向き、サイドテーブルの上に視線を走らせる。そこには、ガレのスタンドと時計、それに携帯電話が置いてあるくらいで、えらく殺風景《さっぷうけい》だ。

そこに、今は、さらに一つ。

前に、シモンと一緒に買ったニワトリの根付が加わっている。

ただし、昨夜までは、確かに立てて置いてあったはずなのに、なぜか、コロンと横倒しになっている。

何かのはずみで転がってしまったのか。

でなければ、自力で動いたのか。

ユウリは、手にした白い羽根とサイドテーブルの上の根付を交互に見て、思う。

（もし、言いたいことがあるのなら、いっそ、ストレートに言ってくれたほうがありがたいんだけどなあ）

だが、根付なんかと意気投合してしまうのもまずいかと思い直し、サイドテーブルのところまで戻ってニワトリを起こしてやると、そのそばに白い羽根を置き、それから、今度こそ洗面所に行って朝の支度《したく》をすませた。

大学は、とっくに夏休みに入っていたが、ユウリは、補習授業を受けなければならず、週に数日だけ通っている。

決して成績は悪くなかったのだが、去年の今頃、とある事情で行方不明になっていた彼は、高名な大学教授である父親の働きかけもあって、人より一ヵ月遅れでなんとか入学を許可されたのだが、その際の条件として、夏休み期間中に行われる補習授業を受けることが提示されていたのだ。

補習授業の合間に、ユウリが、近くのバーガーショップでお昼を食べながら携帯電話を確認すると、シモンからメールが来ていて、さらに、この夏、日本に行くことになっているキース・ダルトンから電話があったことを知らせる着信記録が残されていた。

ベルジュ家は、次男のアンリが大学受験から解放されてすぐ、一族が地中海に所有する島に一家総出でバカンスに出かけたはずで、メールを開いてみると、思ったとおり、紺碧《こんぺき》の美しい海を背景に、マリエンヌとシャルロットがピースをしている写真が添付されている。

どうやら、地中海クルーズに出ているらしい。

さすが、天下のベルジュ家だ。

やっていることが豪勢極まりない。

水平線に沈む夕日を想像し、ユウリが、一緒に旅行したような気分に浸っていると、ふいに手にした携帯電話が光った。サイレントにしているので音は鳴らなかったが、見おろした画面には、「ダルトン」の文字が躍《おど》っている。

「もしもし?」

ユウリが出ると、どこかからかいを秘めた知的な声で挨拶《あいさつ》される。

『やあ、ユウリ』

「どうも、ダルトン。先ほども電話をくださったみたいで、すみません。補習授業を受けていたので、気づきませんでした」

『補習授業？』

意外そうに繰り返したダルトンが、続ける。

『なんだ。試験の成績が悪かったのか？』

「そういうわけではないんですけど、僕の場合、いろいろと事情があって——」

言葉を濁すと、察しのいい元上級生は、すぐに『ああ』と楽しげに応じた。

『そうか、いろいろとね』

その声音に、興味津々の様子を感じ取ったユウリは、早々に話題を変えるため、用向きを尋ねる。

「それで、どうしました、ダルトン？」

『それが、ユウリにちょっと頼みたいことがあって』

「もしかして、日本でのことですか？」

タイミング的に、夏休みの話だろうと考えたユウリだったが、ダルトンは、まったく違うことを言った。

『いや、そうじゃなく、もう少し近いところで、美術的な話だ』

「……美術？」

あまりに意外だったユウリが、戸惑ったように訊き返す。

「……えっと、美術というのは？」

『ユウリは、日本の骨董に詳しいよな？』

「……詳しいというほど詳しくはないですけど、詳しい人なら紹介できますよ」

ユウリの母方の親戚《しんせき》である幸徳井《かでい》家には、骨董蒐集を趣味としている人間が、何人かいる。彼らに尋ねれば、まず信頼に値する鑑定をしてくれるはずだ。

だが、電話の向こうで軽やかに笑ったダルトンが、「いや」とやんわり否定した。

『そこまで、本格的じゃなくていい。――というのも、実は、大学の友人が、根付に凝《こ》っていて、趣味で根付を作っているんだが』

「根付を作る？」

『あくまでも、趣味だけどな』

「へえ」

ユウリは、そこで少し不思議に思う。

なぜなら、根付は、元来実用品だ。言ったように、江戸時代の人々が、煙草入れや印籠などを帯に吊り下げて歩くのに便利ということで発展したものである。

つまり、着物文化なくして根付はありえず、あくまでも使い勝手が重視されるため、美の追求は二の次なのだ。逆に言えば、実用品として機能させるため、形状にさまざまな制約があったからこそ、その工夫を楽しむことで愛嬌のあるさまざまな根付が誕生したと言っても過言《かごん》ではない。

そういう意味で、洋服文化が定着した今の日本やもともと洋服文化を持っていた西洋において、あえて根付を作る理由が、ユウリにはよくわからない。とはいえ、人の趣味にとやかく言うのも失礼なので、そのことには触れずにおく。

それに、そんなことよりユウリが気になるのは、むしろ「根付」というキーワードのほうだ。

「根付ねえ」

根付といえば、ユウリもひょんなことから手に入れたばかりである。

この偶然には、何か意味があるのだろうか。

考え込むユウリの耳元では、電話口を通して、人々のざわめきが聞こえている。おそらくダルトンも、まだ大学にいるのだろう。そうだとしたら、すぐそばにユウリの父親がいてもおかしくないわけで、ユウリは、なんだか変な感じがした。

ダルトンが、『ただ』と説明する。

『これまでは作るほう専門だったのが、ここに来て、骨董に目覚めてしまったらしく、古根付を蒐集する気になったようなんだ。——なんでも、どれほどイマジネーションを駆使しても、古根付の醸し出す味わい深さには到達しないんだとか言っていて』

さもありなんと思うユウリを相手に、ダルトンが話を続ける。

『どうやら、そのきっかけとなったのが、今度、クリスティーズに出品される古根付らしく、一目惚《ひとめぼ》れしたその根付をどうしても手に入れたいそうなんだ』

「そうですか」

事情はわかったが、それが、ユウリとどう関係するのか。

話の意図が見えずにいるユウリに、ダルトンは言った。

『で、ここからが本題なんだが、そのオークションに付き合ってもらえないかと』

ユウリが、びっくりして訊き返す。

「付き合うって、僕が――ですか？」

『ああ。かく言う俺も付き添うつもりではいるんだが、さすがにあの手のオークションにはほとんど参加したことがないし、まして、東洋美術はまったくの門外漢《もんがいかん》だからな』

ユウリが、焦って主張する。

「僕だって、そうですよ」

『でも、少なくとも、日本語で書かれたものは読めるわけだろう？』

「……ああ、まあ。それくらいなら」

『この際、それが、重要でね。なにせ、俺も彼女も、日本語で書かれたものは、ちんぷんかんぷんだ』

それはそうだろうが――。

ユウリは、なおも躊躇う。

「でも、クリスティーズともなると、根付一つといえども、開始価格は相当なものだと思いますよ?」

『わかっている。いちおう、五万ポンドは用意するそうだから』

五万ポンド。

今の日本円にすると、八百万円くらいか。

学生が趣味に費やす金額ではないが、ダルトンの友人であれば、おそらくどこかのお坊ちゃま――いや、先ほど「彼女」と言っていたから、お嬢様なのだろう。

ダルトンが付け足す。

『親に泣きつけば、一万ポンドくらいは出してくれるそうなんで、合わせて六万ポンドまでは、なんとかなるはずだ』

「――本気ですか?」

『みたいだよ。あれは、惚れたというより、ほとんど取り憑《つ》かれているな』

(取り憑かれている……?)

ユウリは、その意味を慎重に考えながら、問う。

「それで、そのオークションというのは、いつあるんですか?」

『来週』

短く答えた元上級生が、ホッとしたように確認する。

『付き合ってくれるか？』

「まあ、来週なら、まだこっちにいるので、いいですよ。――ただ、あまり期待しないでくださいね。ああいう場所で自分が役に立つとは、まったく思えないので」

『その点は、気にしなくていい。所詮《しょせん》は他人事と、割り切って楽しんでくれれば。もう大人なんだし、自分の責任は自分で取ってもらうさ』

友人と言うわりには、薄情なことをのたまっている。どうやら、「快楽主義者《エピキュリアン》」らしく、この状況を存分に楽しむつもりでいるようだ。

だが、ユウリにしてみれば、ただ楽しむには、金額が大きすぎる気がした。

（本当に、いいのだろうか――？）

なんとなく気が重くなりつつ、ユウリは、詳しい日時を聞いて電話を終えた。

## 5

一週間後。

その日の補習授業を終えたユウリは、学友であるアーサー・オニールと、大学近くのカフェでお昼を食べていた。

成績優秀なオニールは、補習授業を受けることなく、すでに夏休みを満喫しているとはいえ、俳優業を兼ねる身であれば、そうそう遊んでばかりもいられないらしい。今日もこのあと、稽古場《けいこば》でダンスのレッスンがあるという。

炎のように輝く赤毛にトパーズ色の瞳。

甘く整った顔もさることながら、抜群のスタイルと洒落《しゃれ》っ気は、さすが芸能人という磨かれ方で、どこにいても注目を集めずにはいられない。さらに、職業柄、日頃は常に人目を気にして行動しているが、例外として、ユウリと一緒の時だけは、どこか人を寄せつけないオーラをまとう。今も、店の中に、サインをもらいたそうにしている女性の集団がいたが、彼は、ずっと黙殺している。

もちろん、それらはすべて、人から注目されるのを苦手とするユウリのためであるのだが、彼自身、久々に独占しているユウリとの時間を邪魔されたくないと思っているのも事実だった。

そんな二人の関係は、パブリックスクール時代から続いているもので、実力やカリスマ性を鑑《かんが》みるに、フランスに去ったシモンのあとを継いでユウリの絶対的な守護者の地位に着くのは、自分をおいて他にいないと、オニール自身は自負していた。

そんな熱意あるオニールであれば、ユウリに対する過干渉ぶりも、シモンに近いものがある。——いや、直情的で情熱的な分、シモンを上まわるものがあるかもしれない。シモンなどは、その点を危惧《きぐ》しているくらいだ。

ハンバーガーをたいらげたオニールが、紙ナプキンで指先をぬぐいながら訊く。

「そういえば、夏休み、ダルトンが日本に行くんだって？」

かじりかけのハンバーガーを持ったまま、ユウリが驚いてオニールを見る。

「なんで、知っているの？」

「そりゃ、ベルジュほどではないにしても、僕だって、それなりに情報網を持っているからね」

応じたオニールが、恨めしげに言った。

「にしても、ずるい」

「何が？」

「ダルトンが、僕より先に日本に行くなんて」

AFE

「……そんなこと言われても、あの人、いちおう、父の教え子でもあるから」

「わかっているよ。——だけど、考えてみれば、それも反則だよな」

「反則？」

「そうだよ。ユウリに近づくために、父親の懐《ふところ》に入り込むなんて——」

「いやいや」

ユウリが、呆れたように否定する。

「それは、違うよ、アーサー。ダルトンは、出会った当初から、科学者としての父をリスペクトしてくれていたんだ。むしろ、その息子ということで、僕にも興味を示してくれているだけで」

「どうだかね」

炭酸飲料の紙コップを取りあげたオニールが、肩をすくめて続けた。

「それに、きっかけはなんであれ、あの骨の髄《ずい》まで『快楽主義者《エピキュリアン》』である彼が、ユウリを気に入って、あれこれちょっかいを出してきているのは、間違いないことなんだ。まったく、頭にくる。——もっとも、取り入る相手が、あのフォーダム博士とくれば、そんな芸当、そんじょそこらの人間にはできないわけだけど」

「確かにね。父も、ダルトンの優秀さは、常々誉《ほ》めているよ」

もっとも、父親と二人で話した内容としては、優秀ゆえに、早く独り立ちをしたほうがいいかもしれないということだった。そういう意味で、ユウリの父親は、ダルトンのことを、大切な助手というより、産休を取っている秘書が戻ってくるまでのピンチヒッターくらいに考えているようだ。

「なんにせよ」

オニールが言う。

「僕は、釈然としない。——いっそ、僕も、この夏、日本に行こうかな？」

「ああ、いいかも。来れば？」

あっさり受け入れたユウリに、ダメもとで冗談めかしたつもりのオニールが、ガバッと身を乗り出して確認する。

「え、マジで、行っていいのか？」

「うちは、構わないよ。どうせ、ダルトンに合わせて、メジャーな観光名所を回ることになっているから、そこに日程を合わせてもらえたら、案内できるし。——ただ、そのあとなると、今度は、シモンの予定とかち合ってしまうから、ちょっと難しいかな」

とたん、オニールが、「ベルジュなんて」と不機嫌そうに応じた。

「毎年のように行っているんだろうから、たまには遠慮すればいいのに」

それには、苦笑したユウリが答えずにいると、テーブルの上に置いてあったユウリの携帯電話が着信を知らせた。

普段、他の人といる時は携帯電話をチェックしないユウリであるが、今日は、このあと、ダルトンと彼の女友達と一緒にオークション会場に行くことになっているため、あらかじめオニールに断って、連絡が取れるようにしていたのだ。

「ダルトンだ。──ごめん。ちょっと出るね」

礼儀として、目の前のオニールに一言申し入れてから、ユウリは電話に出る。

「もしもし?」

すると、人混みらしい喧騒《けんそう》が耳をついた。

相手は、やけに、人の多い場所にいるようだ。

ユウリが、もう一度、声をあげる。

「もしもし、ダルトン?」

すると、ようやく相手が応答した。

『あ、もしもし、ユウリか?』

「はい」

『悪い。今、まだケンブリッジの駅にいるんだけど、電車が遅れているみたいで』

ユウリが、腕時計に目を落として言う。

「そうだとすると、競売に間に合わないかもしれませんね」

『そうなんだよ。でも、イブリンが──ああ、根付を買いたがっている友人のことだけど

──、絶対に手に入れたいと横で喚《わめ》いていて』

確かに、背後の騒音に混じり、誰かが何かを必死で訴えているのが聞こえた。女性の声で、アイリッシュ系の英語だ。

「それなら、電話で参加したら……」

『それも考えたんだが、勝手がよくわからない。──それで、できたら、ユウリにオークションに参加してもらえないかと』

「僕が？」

驚きのあまり、とっさに頓狂《とんきょう》な声をあげてしまったユウリを、炭酸飲料の入ったカップを片手に持ちストローを口にくわえたオニールが興味深そうに見守る。

『そう。結局、親に泣きついて、六万ポンドまではなんとかするそうだから』

「──いや、でも、そんな大金」

躊躇うユウリに、ダルトンが畳《たた》みかける。

『心配しなくても、俺が保証する。ただし、六万ポンド以上は払えないから、そこを超えたら降りてくれ』

もちろん、そのつもりだが、そもそも、そんな大金を動かすような競《せ》りを、ユウリ自身は経験したことがない。

「だけど、ダルトン」

『頼むよ。競りが始まったら電話は繋《つな》いでおくようにするし、俺たちも、ロンドンに到着次第、速攻で向かうから』

懇願され、ユウリは、半ば強引に了承させられてしまう。

だが、正直、六万ポンドの買い物なんて、気が重い以外のなにものでもない。

これまでにも、シモンに付き合ってオークションに参加し、ベルジュ家が行う桁違いの買い物を横で見ていたことはあるが、ただ見ているのと、自分が参加するのとでは、心構えがまったく違う。

その状況を想像しただけで、眩暈《めまい》がしそうだ。

電話を切ったユウリが重い溜め息をついていると、それまでのやり取りを聞いていたオニールが、心配そうに「どうした?」と声をかけてくる。

「ダルトンの奴に、何か無理難題でも押しつけられたのか?」

「う〜ん」

悩ましげに呻《うめ》いたユウリが、続けた。

「無理難題というか、ダルトンたちが遅れるかもしれないから、先に会場に行って、万が一の時は、僕にオークションに参加してほしいって」

オニールが、トパーズ色の目を見開いて、訊く。

「オークションって、クリスティーズだろう。けっこうな額になるんじゃないか?」

「そう思うよ」

「それを、ユウリに扱えって？」

「うん」

　ユウリがげっそりと頷くのを見やり、オニールが苦笑する。

「そんなに気が重くなるくらいなら、なんで断らないかな」

　呆れたように評するが、それが「ユウリ・フォーダム」という人間であるのも、よくわかっていた。

　心配そうな口調のまま、オニールが続ける。

「できれば一緒に行ってやりたいけど、今日のレッスンは抜けられなくて」

「もちろん、わかっているよ。心配しないで。——なんだかんだ言って、ダルトンたちが間に合う可能性もあるわけだし」

「そうか。——それに、間に合わなかったとしても、勝手を言っているのは向こうなんだから、ユウリはユウリで、楽しめばいい」

　気休めに鼓舞《こぶ》され、ユウリは微苦笑を浮かべて頷いた。

「——そうだね」

　もっとも、それができれば、苦労はしない。

　なにせ、腐っても六万ポンドだ。

手をヒラヒラと振ってオニールと別れたユウリは、重い足取りで、一人、オークション会場へと向かった。

# 6

腐っても六万ポンド――。

なんだかんだ不安に思いつつも、根付一つなら、それくらいあればなんとか競り落とせるかもしれないと期待していたユウリは、甘かった。

サザビーズと並んで歴史の古い老舗オークションハウス、クリスティーズ。

入り口からまっすぐに延びる階段をあがった先にある陳列室は、貴族の館の貴賓室《きひんしつ》のように数々の美術品で溢れているが、大きな違いは、それらが常設されたものではなく、近日中に競売にかけられる運命にあるという点だろう。しかも、希少な品々を、一般の人たちも見学することはできるが、購入できるのは、やはり一部の金持ちのみである。

ユウリが――正確には、ダルトンの友人が――買い求めようとしている根付も、その部屋の片隅に置かれていた。

携帯電話に送られてきた写真でしか見ていなかったユウリは、実際に、牛の根付を目にした瞬間、既視感に囚われる。

（これって……）

年季の入った象牙彫り。

ところどころ飴色《あめいろ》に変色し、全体的に「なれ」のある見事な古根付だ。

さらに、裏側に「時」の刻印が見え、明らかに、ユウリが先日手に入れたニワトリの根付と共通するものがある。

同じ彫物師の作品なのか――。

あの日以来、なんとなく持ち歩いている根付の感触をポケットの中で確認しながら、ユウリは英語で書かれた説明を読む。

来歴は、あやふやだ。

売り主の父親の遺品の中にあったものらしい。

ただ、オークション会社のほうで鑑定した結果、同時期に出品されているウッシャー家のコレクションと関係があるようだ。

それによると、制作者は「時阿弥《ときあみ》」。

江戸時代の彫物師で、生没年不詳。

同じ彫物師の手による木彫りの仏像は何体か確認されているが、根付は、今回出品された物以外では、一つも見つかっていないらしい。さほど有名ではなくとも、一応名の通った職人の手によるものであるとすれば、かなりまずいかもしれない。

嫌な予感を覚えつつ、ユウリは、展示されているはずのウッシャー家のコレクションを探す。

ウッシャー家は、今回のオークションに数点の美術品や書籍を放出したようで、古書を中心に、絵画や工芸品などがまとめて展示されていた。

その中でも、ユウリの目を惹いたのは、印籠だ。

非常に珍しい、時計の嵌《は》め込まれた印籠である。

時計の横に、蛇を腕にからませた謎《なぞ》の人物が立っていて、裏には、鼈甲《べっこう》を使った小舟と青貝などで描かれた草花が象嵌されている。それは、見るからに優美で、まさに、江戸から明治期にかけての「超絶技巧」と呼べる、なんとも精緻で見事な出来栄えだった。

さらに、印籠には、象牙彫りの虎と思われる根付がついている。

もちろん、裏側には「時」の文字が刻印されていて、それが、先ほどの牛の根付とこれらの作品を関連づける根拠となったようだ。

印籠は箱に収められていたものらしく、裏返された箱の蓋に、「時阿弥」の文字がうっすらと読み取れる。

それと、もう一つ。

「非時宮」の三文字。

（ひじぐう……？）

あるいは、漢文風に「ときあらずのみや」とでも読むのだろうか。

おそらく、これらの作品の銘であろうが、日本人であるユウリにもなんと読むのかわからない。

わかりそうなことといえば――。

（ニワトリに牛に虎……）

それらは、日本人にとって、なかなか馴染《なじ》み深い取り合わせだ。

しかも、印籠が収められていたと思われる箱には、それぞれ形の違う穴が十二個ほどあいていて、その一つに、今、印籠とセットになった虎の根付があったことを思うと、残りの十一個の空白に何が収まるかは、一目瞭然《いちもくりょうぜん》である。

（時計のまわりに、十二支とは――）

ちょっと――いや、かなりやっかいかもしれない。

これらが、一つのテーマの下《もと》に作られたものだとしたら、まとめて蒐集しようと躍起《やっき》になっている人間がいる可能性が出てくる。

ユウリの予感は、当たった。

ダルトンと彼の女友達が来ないまま始まった競りでは、一万ポンドから始まった牛の根付が、あっという間に五万ポンドまで跳《は》ね上がったのだ。日本円にして八百万くらいであることを思えば、根付一つにつく値段ではない。

だが、さすがに、五万ポンドを過ぎてからは、小刻みな上昇となる。

顔触れも、ユウリ以外に、電話でやり取りをしている代理人二人に絞られた。

そのうちの一人は、ユウリと同じく値段の引き上げにとても慎重であるのに対し、あとの一人が、おもしろがるように、ここぞというところで値段を一気につり上げる。

ここは、駆け引きが重要だ。

とはいえ、もちろん、ユウリにそんな芸当はできない。

ようやく繋がった電話口では、ダルトンの女友達が、「小刻みに。――でも、絶対に競り落として」と頑なに主張している。

五万五千を超え、百ポンドずつつり上げていくユウリともう一人に対し、ここでも、残りの一人が勝負に出た。

「六万ポンド」

それに対し、実質、ユウリのライバルといえる男が、すぐさま百ポンドを上乗せする。

ユウリが電話でそのことを伝えると、まだ直接会ったことのないダルトンの女友達が「百十」と喚いた。

先に予算を聞いていたユウリは、「でも」と躊躇う。

この手のオークションでいちばんやってはいけないのは、冷静さを欠いて、払えない額で競り落とすことである。

趣味のために借金を作っても、いいことなど何もない。

ここは、ユウリの独断で降りたほうがいいのか。

それとも、彼女の人生は彼女のものなのだから、言うとおりに競ったほうがいいのか。悩むユウリの耳に、電話の向こうで、ダルトンが彼女をなだめる声が聞こえた。ということは、やはり、ここは冷静に、最初の限度額で引くべきなのだろう。

六万百ポンドで止まっていた金額に対し、ユウリが手で降りるというジェスチャーをしかけた時だった。

「十万ポンド」

先ほどから、大きく値をつり上げている代理人が、言った。

場内が、小さくざわめく。

場所柄、金額としては決して騒がれるようなものではないが、突如、倍近くに跳ね上がったことに常連客も驚いたのだろう。

これには、さすがにユウリの実質的なライバルも沈黙を強いられたようだ。最後通牒《さいごつうちょう》を突きつけられたようなものである。

当然、ユウリにだって続ける理由などなにもなく、すぐさま降りるという意思表示をする。

『――おい、ユウリ。どうなっている？』

耳に当てたままの電話口からダルトンの声がしたので、椅子《いす》の上でズルズルとへたりこみながら、ユウリは力なく答えた。

「……終わりました」

『終わった？』

「十万ポンドで落札です」

『十万――』

言ったきり、電話の向こうで二人が沈黙する。

終わってみれば、あっけないものだ。

そのまましばらく呆然《ぼうぜん》としていたユウリがふと我に返ると、オークションは一時中断され、まわりは雑然としていた。

そのざわめきを縫《ぬ》うように、ユウリを呼ぶ声が近づいてくる。

「ユウリ」

顔を向けると、ダルトンがそばまで来ていて、横に座り込むなり、頭をクシャクシャと撫でられる。

「お疲れさん」

「どうも」

「ちょっとは、楽しめたか？」

黒髪に知的な青い瞳。

久しぶりに見る姿は、目立つほど華やかではないが、立ち居振る舞いは洒脱《しゃだつ》で、洗練された雰囲気を持つ。何より、覗き込んでくる顔は相も変わらず色気があり、ユウリは気を引き締めながら小さく首を振った。

「それどころじゃないですよ」

「なんで。楽しめばよかったのに」

溜め息をついたユウリが、煙るような漆黒の瞳で恨めしげに見やると、ユウリの頬《ほお》をプニッとつまんだダルトンが、グッと顔を近づけて言った。

「そんな可愛い顔で睨《にら》むものじゃないよ、ユウリ。それとも、俺を誘惑しているのか？」

「してません」

「おや。それは残念」

どうやらからかっただけらしく、ユウリの頬から手を放した元上級生は、椅子の背に寄りかかって感心する。

「……それにしても、十万とはね」

「はい。ちょっと驚きですよね」

しみじみ応じたユウリが、情報を付け足す。

「おそらくですけど、日本での根付の相場をはるかに上まわっています」

「だろうな。でも、イブリンいわく、今、古根付はブームなんだそうだ。なんでも、ヨーロッパでちょっと前に根付を扱った小説が大ヒットして、それが、火付け役になったとかって。半年前のオークションでは、二十万ポンド近い値をつけたものもあったらしい」

「へえ。それは知りませんでした」

これだから、古美術品の値段というのは、相場がよくわからない。

ユウリが、キョロキョロしながら訊く。

「そういえば、そのお友達は？」

「向こうで陳列品を見ている」

ダルトンがどうでもよさそうに応じていると、その声を聞きつけたかのように、件の女性が大股《おおまた》に近づいてきた。

「ちょっと、キース、聞いて！」

「なんだ、イブリン。世話になったユウリに挨拶もせず」

言われて、そばに立った女性がユウリを見た。

ふくよかで迫力のある女性だ。

容姿からして、決してダルトンの好みではないはずだが、それを押しのけるだけのエネルギーが全身から溢れ出ている。

おそらく、彼女は、ダルトンにとって、数少ない純粋な友達なのだろう。

「あら、ごめんなさい。貴方《あなた》が、ユウリ？」

「はい。ユウリ・フォーダムです」

「イブリン・モスよ。お父上に、あまり似てないのね。――でも、可愛い。キースのお気に入りというのは、とってもよくわかるわ」

ケンブリッジ大学の友人であれば、高名なフォーダム教授のことを知っていてもおかしくない。ただ、「お気に入り」というのは、ちょっと引っかかった。

それがユウリの表情に出てしまい、苦笑したダルトンが、イブリンに言う。

「そんなことより、イブリン、きちんと礼を言えよ。ユウリは、本来、こういうの、すごく苦手なんだから」

「ああ、そんなタイプよね」

唇《くちびる》に指先を当ててユウリを上から下まで検分したイブリンが、「でも」とその指先を振って説教する。

「人生、もっとエネルギッシュに生きなきゃダメよ」

「エネルギッシュにですか？」

「そう。なんだったら、私と付き合う？」

「――え？」

「楽しいわよ〜」

「……はあ」

なんと答えていいかわからずにいるユウリの横で、バカバカしそうにそっぽを向いたダルトンが、代わりに応えた。

「ユウリは、とっくに売約済みさ」

「え？」

「あら」

事実と違う話に、驚くユウリと意外そうなイブリン。

「とってもびっくり。彼女がいるの？」

「あ、いえ」

「え？　――じゃあ、彼氏がいるとか？」

「いや、まさか。そうじゃなく、えっと」

返答に窮《きゅう》するユウリを見て、ダルトンが、さっさと話題を変える。

「それより、イブリン、君、これから、根付友の会の会合に行くんじゃないのか？」

「そうなんだけど、このあと、この虎の根付がついた工芸品を競るみたいだから、ちょっとだけ見ていこうと思って」

持っていたカタログの中から、ウッシャー家のコレクションである印籠のページを見せて言ったイブリンに、ダルトンが眉をひそめて忠告する。

「そんなことを言って、まさか、参加する気じゃないだろうな？」

「そうしたいのは山々だけど、さすがに六万ぽっちじゃ、無理でしょう」

「まあな」

もちろん、六万ポンドも普通の人には大金であるのだが、始まった競りでは、彼らの見立てどおり、一気に五十万ポンドを通過し、値段はどんどんつり上がっていった。

こうなると、見ているほうもワクワクしてくる。

いったい、どこまで上がっていくのか。

ユウリも、自分と関係がなくなったとたん、他人事として成り行きを楽しむ。

百万ポンドに乗ったところで、買い手が次々脱落する。残っているのは、電話で話す代理人のみだ。

回線の向こうには、どんな金持ちが潜んでいるのか。

代理人の一人が、チラッとユウリを見る。

ユウリのほうでも、その顔に見覚えがある気がしたが、どこで見たのか、まったく思い出せなかった。

そのうちにも、金額はついに百二十万ポンドを突破した。

日本円で、おおよそ二億円。

そこで、ユウリに視線を流していた代理人が、リタイアする。

勝負は、残りの二組に絞られた。

すると、そこで——。

「百五十」

声があがった。

一気に三十万ポンドを上乗せしたのは、先ほど、ユウリたちと牛の根付を競り合った代理人だ。こういう場所にいると感覚が麻痺《まひ》してくるが、三十万ポンドといえば、五千万円相当だ。普通なら、ローンを組み年月をかけて返す金額である。

どうやら、ユウリが最初に予想したとおり、このセットのためならいくらでも出すという酔狂な金持ちがいるらしい。

こうなると、値段は天井知らずになる場合が多いが、さすがに戦意を消失したらしいライバルが、あっけなく脱落した。それでも、数分の間で、二億五千万円を超える金が動いたのだ。それだけあれば東京に、一軒家が買える。

熱気を帯びた会場で知らず息をつめていたユウリは、身体の力を抜きながら、改めてオークションに潜む魔を意識した。

ざわつく会場内で、イブリンがさっさと帰り支度を始めた。どうやら切り替えが早いらしい。去り際、ユウリの頬にキスして礼を述べた。

「今日はありがとう、ユウリ。今度、キースと三人で、ゆっくり食事でもしましょう」

それから、約束の時間に間に合わせるため脱兎《だっと》のごとく会場を出ていき、あとにはユウリとダルトンだけが残される。

「さて」

伸びをするように椅子から立ちあがったダルトンが、ユウリを見おろして言う。

「俺も、キスのお礼を……と言いたいところだが、さすがに、それじゃあかわいそうだから、何かうまいものを食わせてやるよ。——時間はあるんだろう？」

「ありますけど」

一瞬躊躇ったユウリだが、元上級生はスルリとユウリに寄りそうと、有無を言わせず急《せ》き立てる。

「だったら、行くぞ。時は金なり。使わなきゃ、損」

いったい、どういう理屈なのか。

それでも、促されるまま会場を出ようとしたところで、先ほど、競りの途中でユウリのほうを見ていた代理人に名前を呼ばれた。

「フォーダム様」

足を止めたユウリが相手を見返しながら戸惑っていると、スッと二人の間に入ったダルトンが、まずユウリに確認する。

「知り合いか？」

「……えっと」

確かに、どこかで見たことはあるのだが、先ほどから思い出せずにいた。そこで、ユウリは、申し訳なさそうに相手を見あげる。

察した相手が、名刺を取り出し、さらりと身分を明らかにする。

「ベルジュ家の代理人です。以前、ロワールの城のパーティーでお姿をお見かけしたことがあったので、ついお声をかけてしまいました。——まさか、こんな場所でお会いするとは思いませんでしたし」

「ああ、そういえば！」

ユウリも思い出し、慌てて差し出された名刺を受け取る。

「どうも。……えっと、残念でしたね」

目当てのものが競り落とせなかったことを口にするが、相手は笑って受け流す。

「しかたありません。ご存じとは思いますが、私の依頼主は確固たる審美眼の持ち主で、自分たちが決めた価値以上の代価を払う気はないので」

それを聞いて、ユウリは深く納得する。

ベルジュ家なら、いくらでも競り合うことができたはずだが、それをせずにあっさり身を引く潔さが、逆に、芸術の保護者である彼らの価値を高めるのだろう。

代理人が去ったところで、ダルトンが言った。

「ベルジュの関係者か。——やっぱり、桁違いの金持ちなんだねえ、あの貴公子は」

「そうみたいですね」

その後、話しながら歩き出した二人だったが、すぐに再び足を止めることになる。会場の外で、意外な人物が待っていたからだ。

長身痩躯《ちょうしんそうく》。

長めの青黒髪を後ろで結び、黒一色で身を固めている。

今はサングラスをかけていて見えないが、その下では、蠱惑的《こわくてき》な青灰色の瞳が光っているはずだ。

コリン・アシュレイ。

「魔術師」の異名を持つ型破りな元上級生は、柱の一つに寄りかかり、高みから見おろすように彼らのほうを向いて立っていた。

「アシュレイ⁉」

驚いたユウリが声をあげ、隣でダルトンが小さく口笛を吹く。

「欲得の城に悪魔降臨か――」

「アシュレイ、こんなところで何をしているんですか？」

言いながら近づいたユウリに、黙ったまま、アシュレイが手にしていたものをポンと放ってよこした。

反射的に両手で受け止めたユウリが見おろすと、それは、先ほど競り落とされたばかりの牛の根付だった。

「え。……これって」

ユウリが目を丸くしていると、寄りかかった柱から身体を離したアシュレイが、乱暴にユウリの腕を取って脅しつける。

「まったく。あんなところで、何を必死になっているのかと思えば、まさか、その男のためだったとはね。――お前は、何を考えているんだ？」

「別に、なにも――」

「なにもねえ……」

その言い方が、あまりにも人を小馬鹿にしたものだったので、ユウリは言い直した。

「あ、いや。本当になにもってことはないですけど、特に深い意味はないし、それに、そもそも、これを欲しがっていたのは、ダルトンではなく、ダルトンの友人です」

「同じだろう」

ユウリの弁明を一言で退けたアシュレイが、グッと顔を近づけて宣告する。

「なんにせよ、それの取り立ては、あとでたっぷりとさせてもらうから、覚悟しろ」

「取り立てって……」

アシュレイの行う「取り立て」など、獄卒の行うそれより厳しそうだ。下手をすれば、命を落とす危険もある。

手の中の根付が、その瞬間、極限まで凝縮された鉄の塊《かたまり》のような重みを持つ。

すっかり気圧されてしまったユウリを見かねたらしいダルトンが、アシュレイの腕に手をかけて注意する。

「こらこら、アシュレイ。可愛い後輩を、そんなふうに苛《いじ》めるものじゃないよ」

横目で鬱陶《うっとう》しそうににらんできた元下級生に、年上らしい尊大さでさらに言う。

「だいたい、ベルジュといい君といい、昔から、わがままばかり言ってユウリを振り回すのだから、始末に悪い。いくらユウリが寛大だからといって、甘えすぎるのもどうかと思うぞ。少しは、大人になったらどうだ？」

「へえ」

そこで、ようやくまともにダルトンと向き合う気になったらしいアシュレイが、ユウリから手を放し、失礼にもその指を突きつけて言い返す。

「『快楽主義者《エピキュリアン》』が、どんな妄想に浸って戯言《ざれごと》を言っているのか」

「なんだって？」

アシュレイの放つ毒をまともに食らったダルトンが、気を悪くして応じる。

「相変わらず、礼儀というものを知らないね、君は。久しぶりに会った元上級生への挨拶が、それかい？」

「ああ。言葉をかけてもらっただけでも、ありがたく思え。——それに、親切心で言っておくが、人の心配をしているヒマがあったら、おのれの身を案ずるんだな。よけいなことに首を突っ込むと、島流しの刑に遭《あ》うぞ」

「島流し?」

繰り返したダルトンが、「ああ」と思いついたように続ける。

「もしかして、俺が日本に行くことを言っているのか。もちろん、ユウリの観光ガイドつきで」

とたん、アシュレイが振り返る。底光りする青灰色の瞳がユウリをとらえ、険しく細められた。

「お前は、本気か?」

「……ええ、まあ。成り行き上」

「はっ」

鼻で笑ったアシュレイは、今度はユウリの顎をグッと摑んで覗き込むと、呆れたように評した。

「バカだバカだとは思っていたが、まさか、ここまでバカだったとはね。飛んで火にいる夏の虫だって、お前ほどには考えなしじゃない。いつも注意しているのに、脳味噌《のうみそ》をその辺に転がしておくから、腐るんだよ」

「いや、でも、アシュレイ」

暗雲が垂れ込めたように思ったユウリが、なんとかなだめようとするが、すでに興味を失ったらしいアシュレイは、乱暴にユウリの顎から手を放してのたまう。

「まあ、いい。それならそれで、せいぜい、この男が消え失せないよう、しっかり見張っておくんだな」

「――え？」

聞き捨てならない台詞に、ユウリの表情が一気に引き締まる。

「消え失せないようって――、それは、いったい」

だが、もちろん、答えてくれるほど親切でも機嫌がいいわけでもないアシュレイは、「ご愁傷《しゅうしょう》様《さま》」と不吉な一言を言い残すと、後ろも見ずにその場を立ち去った。

唇を噛《か》んで見送ったユウリは、その後ろ姿が見えなくなったところで、手の中に残された牛の根付を見おろす。これがここにあるということは、当然、あの印籠を競り落としたのも、アシュレイということになる。

いったい、それがどういう意味を持つのか――。

この段階ではまったくわからないが、それでも、ユウリは、日本で過ごす夏休みが安穏《あんのん》と過ぎないことを予感し、暗い気持ちになった。

# 第二章　異界とのボーダーライン

## 1

京都府京都市。

外国人の多くが憧《あこが》れる日本らしき日本《ジャポニズム》は、前衛的でスタイリッシュな首都東京より、むしろこの雅《みやび》な古都にこそ見出せる。

当然、国内外を問わず、旅行者が訪れたい日本の観光地ナンバーワンだ。

そんな京都に降り立った者なら誰しも感じたことがあるかもしれないが、風水の原理を駆使《くし》し、碁盤《ごばん》の目のように整然と造られた街は、そのところどころに、今もって神域とされる神社仏閣があり、しかも、それらが変わらずに息づいているせいか、街全体が一つの聖域であるような錯覚《さっかく》をもたらす。

それは、おそらく、どこもかしこも観光地化している現代にあっても、中心にはあくまでも神域があって、それが人々の生活に溶け込んでいるために、今もって維持《いじ》できている空気なのだろう。

同じように、街中に古い教会や神殿が数多くあっても、形骸《けいがい》化し、片隅に追いやられてしまっているヨーロッパの諸都市からは、すっかり失われてしまった感覚であると言っていい。

古都京都。

そこには、現代の人々が失いつつある異界との境界線が残されていた。

ただ、それはとりもなおさず、油断すると、境界線を越えて彼方《かなた》から此方《こなた》へと侵入する異形《いぎょう》のものがあるということだ。

夜半。

住宅街で客を降ろし、すれ違う車の少なくなった暗い通りを走っていたタクシーの運転手は、道の前方から、何やらオレンジ色の塊《かたまり》が近づいてくるのに気づいた。

(同業者か――?)

京の街は、寝静まるのが早い。

繁華街である河原町《かわらまち》のあたりをのぞけば、ほとんどの場所が、夜間はひっそりと静まり返る。

それは、不夜城を抱える東京などでは、考えられない光景だ。

そのため、中心地を外れた山側の界隈《かいわい》では、この時間、同業者とすれ違うことも稀《まれ》である。

せっかくだから、ライトを使って挨拶《あいさつ》でもしようと、近づいてくる明かりを見ていた運転手は、次第に違和感を覚え始めた。

（珍しいこともあるもんだ）

輝き方が、おかしい――。

車のライトのようにまっすぐに届く光と違って、それは、明らかに、揺《ゆ》らめきながら近づいてくる。

しかも、まっすぐ伸びる白い光線というよりは、むしろ――。

（赤い……）

運転手は、ハンドルの上に覆《おお》いかぶさるようにして、前方の明かりに目を凝《こ》らす。

やはり、赤い。

赤く揺れ動いている。

まるで、燃え上がる炎のような揺らめき方だ。

と、その時。

遠くで馬のいななきが聞こえた。

ヒヒイイイーン。

それに続いて、蹄《ひづめ》がコンクリートを叩《たた》く音。

カツ、カツ、カツ。

ヒヒイイイイーン。

（なんだ——？）

幻聴かと思いながら、なおも前方の明かりを見ていると、ややあって、大きくなったそれが、信じられないものの形をとって運転手の目に飛び込んでくる。

「——おい、嘘《うそ》だろう⁉」

思わず漏れた呟《つぶや》き。

それもそのはずで、コンクリートを蹄で叩きながら走ってきたのは、一頭の馬だった。それも、ただの馬ではなく、炎をあげる真っ赤な馬だ。

（炎の馬——）

信じられないものを目にした運転手が驚きに我を忘れていると、正面から走ってきた馬が、速度を落とさず、突如、彼の車に向かって跳躍《ちょうやく》した。

ハッとした運転手が、慌《あわ》ててハンドルを切る。

キキキキキキ。

急ブレーキをかけた車体が横に流れ、タイヤが嫌な音を発する。

ドンッと。

ボンネットに、何かが当たった。

炎の馬が、彼の車を跳び越えたのだ。

そして――。

異形のものが背後に消え去った瞬間、目の前に、コンクリートの壁が立ちはだかっていた。

「うわああ！」

運転手があげた悲鳴のすぐあとに、ドシャーンと大きいものが固いものにぶつかってひしゃげる音が響いた。

前方が無残につぶれた車体からは、ファーン、ファーン、ファーンと異変を知らせる電子音があがる。

湯気《ゆげ》の立つ道路。

近所の人が通報したのか、ほどなく、救急車とパトカーのサイレンが聞こえてきた。

それから、一時間も経《た》たないうちに、現場は、事故の処理で騒然とし始める。

片道通行となった道路で、警察官が交通整理をする横を、時おりやってくる車が、速度を落とし、事故の様子を観察しながら通り過ぎていく。

それらに交じり、現場の脇《わき》を一台の黒い高級車が通りかかった。

スモークガラスになっている車内では、助手席の男が後部座席をふり返り、外の様子を眺《なが》める切れ長の鋭い目で事故の様子を眺めている青年に向かって、重々しく告げていた。

「ついに、死者が出たようです」

「同じ奴の仕業か？」

「そのはずです。――事故の直前に、この先の道で、炎に包まれた馬を見たという情報がありましたから」

「……炎に包まれた馬ね」

苦々しげに呟いた青年が、事故現場を通り過ぎたところで、溜《た》め息《いき》をつく。

「まだ、炎の馬の正体は摑《つか》めないのか？」

「はい。申し訳ありません」

そこで、目を伏せて考え込んだ青年が、「……しかたない」と呟いて、助手席の男に確認する。

「レイモンド・フォーダムは、仕事に戻ったはずだな？」

「はい。明後日には、東京に発《た》つのではないかと思われます」

「それなら、息子のほうも、いい加減、のんべんだらりと遊ばせておく必要はないだろう。そろそろ働いてもらうとするか」

誰ともなしに宣言した青年は、ポケットからスマートフォンを取り出すと、どこかに電話をかける。だが、すぐには繫《つな》がらなかったようで、小さく舌打ちし、応答の途切れたところでメッセージを残す。

「俺や。用があるので、すぐに来い」

名乗りもしなかったが、それで通じる相手なのだろう。

スマートフォンをポケットにしまった青年は、ゆったりと背もたれに寄りかかると、運転手に向かって、自宅へ戻るよう告げた。

## 2

七月も終わりに近づいたその日。

蝉時雨《せみしぐれ》が降り注ぐ猛暑の中、ユウリは、関西国際空港にかつての上級生であるキース・ダルトンを迎えに来ていた。

空調の効いた到着ロビーで、ユウリが人の群れを見まわしていると――。

「ユウリ」

トランクを後ろ手に引いたダルトンが、長時間のフライトの疲れも見せず、色気と気品を兼ね備えた姿で、颯爽《さっそう》と歩み寄ってくる。

「どうも、ダルトン。道中は、いかがでしたか?」

「快適だったよ」

ユウリを抱き寄せ、キスの代わりに頬《ほお》を寄せたダルトンが、「それより」と身体《からだ》を離しながら続ける。

「俺が勝手に予定をずらしたんだから、わざわざ、遠くまで迎えに来てくれなくてもよかったのに」

「気にしないでください。どうせ、ヒマなので」

当初の予定では、本日深夜に羽田に到着するはずだったダルトンだが、せっかく日本に行くなら、半日たりとも無駄《むだ》にしたくないと考えたらしく、わざわざ航空チケットを取り直し、早朝に関西国際空港に着く便に滑《すべ》り込んだのだ。

その旨をメールで伝えてきたダルトンのために、ユウリは、電車で一時間以上かけて迎えに来て、さらに、明日の早朝、ユウリの父親と東京に向かえるよう、京都駅に直結するホテルの部屋も確保した。

「だから、慌ただしく新幹線の最終便で東京に向かわなくても大丈夫ですよ」

「それは、助かる。ありがとう、ユウリ」

「どういたしまして」

「でも、よくホテル、取れたな。俺がネットで検索した時は、どこもいっぱいで予約が取れなかったんだ」

「……まあ、いちおう、地元民ですから」

実際はといえば、自力でどうにかしたのではなく、親戚《しんせき》である幸徳井《かでい》家に頼んでなんとかしてもらった。京都にどっしりと根をおろす名家であれば、急な宿泊先の手配などお手のものだからだ。

ユウリが、「それで」と陽射《ひざ》しの強い外を指して言う。

「父が京都までタクシーを使うといいと言ってくれたので、タクシーで行きましょう。乗り場は、あっちです。良かったら荷物を――」

　言いながら歩き出そうとしたユウリの腕を摑んで引き寄せ、ダルトンは「いや」と主張する。

「それより、電車がいい」

「え、本当に？」

「ああ。これでも、いちおう、二十歳そこそこの好奇心旺盛《おうせい》な若者だからね。せっかく異国に来ているのなら、楽をして街を素通りするより、労しても現地の人たちと触れ合いたいじゃないか」

「……なるほど」

　その感覚はよくわかると、ユウリは思う。

　シモンやアシュレイと行動していると、つい忘れがちだが、見知らぬ街で人波に身を任せる楽しさというのは、旅の醍醐《だいご》味《み》だ。

「わかりました。――それなら、ええっと」

　了承したものの、空港への送り迎えを、いつも姉に車でしてもらっているユウリは、実は、勝手がよくわからない。それで、異邦人のようにキョロキョロしてしまったのだが、逆にガイドブックで入念にチェックしていたらしい旅行者のダルトンが、ユウリの後頭部に手をやって、押しながら言った。

「こっちだ」

「あ、そうですね」

たしかに、表示板はその方向を指していた。

いったい、どっちが地元民なのか。

この調子なら、ユウリが案内せずとも、ダルトンは一人で楽しく観光できるだろう。

ダルトンに先導されて特急に乗り込んだユウリは、途中で買った世界的に有名なチェーン店のコーヒーを飲みながら、今後の予定を話し合う。

「ダルトン、行きたいところって、ありますか？」

「あるけど、ありすぎて決められない。だから、ユウリに任せるよ。――あ、でも、昼飯は、京料理が食べたい」

「京料理ねえ」

ユウリが、首を傾《かし》げて考え込む。

「京料理といえば、父が、今夜、京懐石のお店を予約したそうですから、そこでたっぷり食べられますけど、それでも、京料理にしますか？」

「ん～、少なくとも、中華やイタリアンはパスだな。――バーガーショップも」

さすがにそれはないし、京都の観光地では、その手の店を探すほうが大変だ。

「行く場所にもよりますけど、東山《ひがしやま》なら、親子丼《おやこどん》や鰻《うなぎ》のぞうすいとかもあった気がするので、予約を入れましょうか。あるいは、お麩《ふ》と湯葉《ゆば》の懐石とか」

「お麩ってなんだっけ？」

「えっと」

考え込んだユウリが、「それは」と説明にならない説明をする。

「出てきた時に教えます。——でなければ、あとはラーメンとか」

「ああ、ラーメンもいいな」

「あ、でも、ダルトン、明日から東京ですよね」

「そうだけど、何か関係があるのか？」

「ラーメンなら、東京でも食べられるので、来週、僕が東京案内をする時に行きましょう。シモンも、前に行きたいって言っていたし」

シモンの名前があがったところで、ダルトンが言う。

「ベルジュといえば、一緒に観光するって？」

「……はい。日程の調整もできたそうなので」

「調整ね」

嫌味っぽく笑って、ダルトンが続ける。

「大学生になっても、彼の独占欲は変わらないね。君が、他の人間と仲よくしようとすると、素知らぬ顔でしゃしゃり出てきて牽制《けんせい》する。……まあ、その性質を開花させてしまったのは、他でもない俺なわけだけど、にしても、度が過ぎる。ユウリは、いい加減、嫌にならないか？」

「別に、なりません」

あっさり答えたユウリが、主張する。

「シモンがそばにいてくれるのは、僕も嬉《うれ》しいですから」

「……それ、本気で言っている？」

「本気ですよ。当たり前じゃないですか。それに、ダルトンが言うほど、いつも一緒というわけでもないですし。――シモン、とても忙しいから」

話しながら、ユウリは、カバンに入れて持ってきた飲食系の雑誌を取り出そうと、身体《からだ》を伸ばした。

その際、上着のポケットからコロンと何かが転がり落ちる。

気づいたダルトンが拾いあげ、「ああ、これ」と言う。

「例の根付《ねつけ》か」

振り返ったユウリが、ダルトンの手にある牛の根付を見て、「あ、そうです」と応じて受け取った。

ダルトンが、憤慨《ふんがい》する。

「それを見たら、もう一人のお邪魔虫《じゃまむし》のことを思い出してムカついてきたぞ。あの男に比べたら、確かに、ベルジュなんかは可愛《かわい》いものだよ。――まったく、日を追うごとに傍《ぼう》若無人《じゃくぶじん》さが増していくんだからねえ」

「お邪魔虫」とは、もちろん、コリン・アシュレイのことを指している。

「ですよね。すみません」

元上級生の精神的苦痛を思い、慌ててその元凶となっている根付をポケットに戻したユウリに対し、ダルトンが訝《いぶか》しげに訊《き》いた。

「もしかしてユウリ。それ、ずっと持ち歩いているのか？」

「はい」

「なんで？」

「それは――」

ユウリは、返事につまる。

アシュレイが、あんなふうに謎《なぞ》めいたことを言い残して立ち去った時は、あとで、絶対に何かが起きる。そして、何かが起きた時に、その元凶となるものを持ち合わせていないと、取り返しのつかないことになりかねないからだ。

もちろん、アシュレイは、そういったことをすべて計算したうえで、ユウリにいろんなものを押しつける。裏を返すと、そういうものを持たせることで、一瞬たりとも気を抜くなと警告しているのだ。

ただ、それを第三者に説明するのは困難なので、ユウリは一言で片づけた。

「いろいろと暗黙の約束事みたいなものがあって」

「アシュレイと？」

「そうです」

ダルトンが、肩をすくめてのたまう。

「つまり、なんだかんだ言っても、ユウリは、アシュレイの唯一の理解者なんだな」

「理解者？」

「うん」

「アシュレイの？」

「そう」

「……そんな」

苦笑したユウリが、げんなりと主張する。

「アシュレイのことを理解できてしまったら、その時点で、もう人として終わっている気もしますけど」

ユウリにしては痛烈な皮肉に、今度はダルトンのほうが苦笑する。

「なるほど。昔に比べて、ユウリも、ずいぶんとしたたかになったようだ」

「そうですか？」

「ああ。もともと他者を受け入れるという点で、許容量はおそろしく高かったが、そこにさらに、しなやかさのようなものが加わった気がする」

「そうですかねえ」

半信半疑のユウリが、雑誌のページをめくる。

それを、脇から一緒に覗《のぞ》き込みながら、ダルトンが「ああ、そうそう」と話の向きを変えた。

「根付といえば、実は、俺も、あのあと、ひょんなことから根付を手に入れたんだよ」

顔をあげたユウリが訊く。

「まさか、古根付ですか?」

「たぶん、そうだな。なんの動物かはわからないし、そもそも、手に入れたと言っても、俺が手に入れたわけではなく、単に、ある人の忘れ物が手元に転がり込んできただけなんだが」

「ある人?」

いったい、誰のことを言っているのか。

「まあ、ちょっと、先にこれを見てくれよ」

ダルトンがカバンから取り出したのは、確かに、パッと見にはなんだかわからない、ごちゃごちゃした彫刻の施された丸い根付だった。

ところどころ飴色《あめいろ》になった象牙彫《ぞうげぼ》りの根付。

受け取ったユウリは、近くでよくよく観察するうちに、それが龍《りゅう》を象《かたど》ったものであることに気づく。

「……これ、龍《ドラゴン》ですね」

だが、西洋の「龍《ドラゴン》」は東洋の「龍」とだいぶ印象が違うため、ダルトンは意外そうな顔をする。

「これが、『龍《ドラゴン》』だって？」

「はい。東洋の『龍《ドラゴン》』です」

「どう見ても、蜂《はち》の巣だけどな」

言いたいことは、わからなくもない。

小さく笑ったユウリが、根付を裏返して見ると、そこには、ユウリが持っている根付と同じ「時」の刻印があったが、他と違って、その前後にも文字が彫られている。

全体を読むと、「非時宮」だ。

「非時宮」といえば、牛の根付と一緒に、アシュレイが競り落とした印籠《いんろう》の箱に書かれていた言葉である。つまり、相変わらず読み方はわからないが、これもまた、あの印籠と関係する根付の一つであることは間違いない。

ユウリが訊く。

「ちなみに、これ、どこで手に入れたんですか？　——先ほど、ある人の忘れ物とかおっしゃっていましたけど」

「それが、どうにも腑《ふ》に落ちない話なんだが……」

何かを思い出そうとするかのように、目を細めたダルトンが、「実は」と続けた。

「ちょっと前に、大学の友人を介してあるパーティーに参加したんだ」

「音楽関係の？」

ダルトンの父親が、その手のプロデューサーをしているのを思い出したのだが、答えは違った。

「いや、オックスブリッジの卒業生と在校生が、今後のために親交を深めるという名目で行われるパーティーなんだが、そこで、すごい美人と知り合って」

ユウリが、軽く眉尻《まゆじり》をさげる。

「……え、まさか？」

この元上級生の有名すぎる異名が頭をよぎったユウリに対し、ダルトンが唇《くちびる》の端を引き上げて認めた。

「そう。意気投合し、その夜を二人で楽しんだんだ」

「——へえ」

「なんだ、その意外そうな顔は」

「え、いや」

誤魔化《ごまか》そうとしたユウリだったが、青い瞳《ひとみ》で誘うように見つめられ、白状する。

「ダルトンって、本当に、どっちでもいいんだと思って」

「ああ、そういうことか」

クスッと笑ったダルトンは、悪びれずに続けた。

「別に構わないだろう。男と女、どっちもいけたほうが、人生、二倍楽しめるんだ。ユウリも、いい子でばかりいないで、少しは人生を楽しんだほうがいい。――なんなら、いつでも手ほどきしてやるぞ」

言いながら、スッとユウリの頬に指を滑らせるダルトン。近くから覗き込んでくる様子も、どこか艶《なま》めかしく色気がある。

この洒脱《しゃだつ》な男にこんな表情で迫られたら、女性なら、まずのぼせあがるだろう。

本領発揮というところか。

そして、これがあるからこそ、シモンも他の人たちも、ダルトンとユウリが二人で行動するのを必要以上に警戒するのだ。

ユウリが、焦《あせ》って言い返す。

「言われなくても、楽しんでますよ。十分」

「そうか？」

「はい。楽しみ方は、人それぞれですから」

「まあな」

笑って認めたダルトンが、ユウリから手を離して「それならしかたない」と言う。

「俺の出番じゃないようなので話を戻すと、その彼女とは、根付の話で盛り上がって、その時に見せてくれたのが、それなんだよ」

「ということは、正確には、これは、その女性のものなんですね？」

「そう」

「それが、なんで、ダルトンが持つことになったんですか？」

「それなんだが、楽しい一夜を過ごし、翌朝起きてみたら、ベッドの上から彼女の姿が消え失せていて、代わりにその根付が枕元《まくらもと》に残されていたんだ」

「……ということは、本当に忘れ物なんだ？」

「最初から、そう言っているだろう。――だけど、この手の古根付の値段は、身をもって知ったばかりだから、当然、俺はこれを返そうと、同じパーティーに参加していた友人たちに、彼女の特徴を言って連絡を取ろうとしたんだが、あれだけの美人なのに、誰も彼女のことを知らなくて」

「――まさか、その場にいなかったってことですか？」

「いや。いるにはいて、彼女がいたことは、さすがにみんな覚えているんだが、誰に訊いても、正体がわからない。どうやら、誰かの知り合いというわけではなく、勝手にパーティーに紛れ込んでいただけのようなんだ」

「ふうん」

頷《うなず》いたユウリが、言う。

「それは、ちょっと変ですね。……ちなみに、どんな女性でした？」

「東洋風の美人だよ。あれは、たぶん日本人か、でなければ、中国人だろう」

「……中国人？」

その単語を聞いたとたん、ユウリの中でムクムクと警戒心が湧《わ》き起こる。

なぜといって、中国と聞けば、いやでもアシュレイの存在を思い出してしまうからだ。

しかも、なぜか、アシュレイは、この「時阿弥《ときあみ》」という彫物師が作ったらしい一連の工芸品にどっぷりと関わっている。

そのアシュレイが、オークション会場での一幕で、邪魔者であるダルトンに警告した。

――よけいなことに首を突っ込むと、島流しの刑に遭《あ》うぞ。

幸い、今のところ、ダルトンの様子に変わったところはなかったが、いかにもアシュレイが関与していそうな代物が、不可解な経緯で届けられたという事実は、それだけで、ユウリをひどく不安な気持ちにさせる。
（このまま、何も起こらないといいけど……）
だが、ユウリの悪い予感は、思いもよらない形で現実になった。

3

ダルトンと二人で清水寺を参拝し、老舗の名店で親子丼を食べたあと、お団子とお抹茶《まっちゃ》などを楽しんだりしながら観光地を少しばかり外れた路地まで出てきたところで、ふいに彼らの前に、黒い高級車が二台、滑り込んできた。

キキッとタイヤを軋《きし》ませて、一台が進行方向をふさぐ。

もう一台が、二人の背後に回りこんで停《と》まった。

その間、わずか十数秒。

何事かと思う間もなく、車の中からバラバラと黒服の男たちが降りてきて、その場に不穏な空気が漂う。

「なんだ?」

ダルトンが、とっさにユウリを背後に庇《かば》って、男たちと対峙《たいじ》する。

すると、前の車の後部座席から、一人の男が降り立った。

スッときれいな立ち姿。

ユウリと同じく漆黒《しっこく》の髪と漆黒の瞳を持つが、そこに柔らかさや軽さはいっさいなく、日本刀のように研ぎ澄まされた鋭さだけがある。

ユウリが、驚いて声をあげた。

「隆聖《りゅうせい》!?」

振り返ったダルトンが、確認する。

「知り合いか?」

「従兄弟《いとこ》です」

答えたユウリが、車のそばに立ったままの隆聖に訊いた。

「でも、隆聖、こんなところで、何をしているわけ? ——というか、この状況は?」

戸惑うユウリに対し、相手が冷たく言い返す。

「それは、こっちの台詞《せりふ》だ、ユウリ。来いと伝言を残したはずだが、こんなところで、何をしている?」

かすかに京訛《きょうなま》りのある日本語。

それが、彼の持つ独特の雰囲気《ふんいき》に格式の高さを与える。

その場には、かなり緊迫した空気が漂っているが、「え、でも」とまったく罪のない様子で、ユウリはのほほんと答えた。

「伝言に対して、今日は行けないってメールを返したはずだけど……」

だが、ユウリの反論は、相手のポーカーフェイスによってあっさりはじき返される。

どうやら、「行けない」と言うこと自体、いけなかったらしい。そんな選択の自由は、ユウリには許されていないということだ。

男の名前は、幸徳井《かでい》隆聖。

ユウリの母方の親戚である幸徳井家は、古都京都に千年続く陰陽道《おんみょうどう》宗家の血筋だ。

北部の山裾に広大な屋敷を構え、さらに、山中に修行場を持って数多《あまた》の術者を抱えている彼らは、この科学万能のご時世にあっても、政治の中枢から経済の中心まで幅広く崇拝者を持ち、陰で絶大な権力を握っている。

そんな格式ある家の後継ぎとして生まれた隆聖は、幸徳井家の前身である賀茂《かも》家の祖と関わりの深い伝説的修験者、役《えんの》小角《おづぬ》の再来と言われるほど圧倒的な霊能力を誇り、名実ともに、不動の地位を築いていた。

その幸徳井隆聖が、唯一、自分と対等、もしくは、自分以上の霊能力を持つと認めているのが、五つ年下の従兄弟であるユウリだ。

幼い頃から、自分の異質な能力を持て余し、彼らにしか見えない者たちを相手にオロオロしていたユウリを守り、精神的な支えとなる一方で、隆聖だけを頼るよう仕向け、手なずけてきたことが功を奏し、ユウリにとって、幸徳井家の空気というのは、どこよりも居《い》心地《ごこち》のいい、安心できる場所となっていた。

隆聖としては、いつかはユウリを幸徳井家に取り込み、おのれの片腕にするつもりでいるのだが、ことは、なかなかうまく運ばない。

第一に、ユウリは、フォーダム家の後継ぎとして大切にされ、また、父親のレイモンド・フォーダムが一角の人物であるだけに、簡単には手を出せないことがあげられる。

それでも、当事者の意志が固まりさえすれば、フォーダム家のことはどうにでもなるのだが、ここ最近、異国の地で身につけてくるあれやこれやが、ユウリ自身を幸徳井家から遠ざける要因となりつつあった。

自己主張。

雑霊。

あるいは、影響力のありそうな人間たち。

そこで、隆聖のほうでも、ユウリが日本に戻っている時は、少しでも自分のもとに呼び寄せ、幸徳井家の仕事をこなすようにさせていた。

黙ったままの従兄弟の表情から何かを察したユウリが、「もしかして」と尋《たず》ねる。

「すごく切羽詰まった状況？」

相変わらず答えない隆聖が、軽く首を動かした。漆黒の瞳が、射るようにユウリを見つめる。それだけで状況を理解したユウリが、「そっか」と言って、ダルトンのほうに向き直る。

「……あの、すみません、ダルトン。どうやら、急用みたいで」

従兄弟同士のやり取りを見ていたダルトンが、軽く眉をひそめて言う。

「もちろん、俺のほうは構わないけど。——どうせ、もともと一人で回るつもりだったから」

だが、ダルトンの不安は、この場に取り残されることではなく、ユウリをこのまま行かせてしまっていいのかということにあった。なにせ、登場の仕方やユウリに対する威圧的な態度を見る限り、誰がなんと言おうと、隆聖に対する不信感は否めない。

ここで、ユウリを彼の手に渡してしまって、本当に大丈夫なのか。

のちのち、問題になりはしないか。

二人の関係性が、片方がもう片方に与える恐怖で成り立っていないと、どうして言えるだろう。

部外者であるダルトンには、判断できないことである。

ダルトンが、慎重に続ける。

「ただ、ユウリを彼に預けてしまっていいのかどうか、いちおう、フォーダム教授に確認を取らせてくれないか。身内のことだし、よけいなことかもしれないけど、不慣れな異国で、俺が唯一信じられるのは、教授の判断だから」

英語で説明したダルトンだったが、通訳を介さず、隆聖は了承する。疑われていること以前に、ユウリに対する責任感を買ったのだろう。

隆聖に視線を留めたまま、ダルトンは、自分のスマートフォンでユウリの父親に直接電話した。

「あ、どうも、教授、お忙しい時にすみません」

電話の向こうで、レイモンド・フォーダムの飄々《ひょうひょう》とした、だが、なんとも頼もしい知的な声が響く。

『構わないよ、ダルトン。無事に着いたんだね。ユウリとは会えたかい？』

「会えました。ただ、ちょっと問題発生で」

『問題発生？』

「はい。今、息子さんの従兄弟と名乗る方が来て、彼をどこかに連れていこうとしているんです」

一拍置いたレイモンドが、苦々しげな声になって言う。

『従兄弟というのは、隆聖君だね？』

「息子さんは、そう呼んでいました」

『それで、ユウリは、君を置いて隆聖君と行こうとしていると？』

「はい。もっとも、俺自身は、どうせ一人で回るつもりだったからいいんですが、ユウリを行かせてしまって大丈夫なのか、そのことが気になって……」

ダルトンの心配を汲《く》み取り、レイモンドが『ありがとう』と声を和らげる。

普段から、頭脳明晰《めいせき》ではあっても、道徳的な見地から信頼に値するかどうか微妙なところだと評価されがちな教え子であるが、後輩に対する責任感だけは、間違いない。

　レイモンドが、続ける。

『身内のことで気を遣わせて悪かったね。隆聖君は、決して怪しい人物ではないから心配しなくていい。――ただ、君がいるのに、ちょっと強引なのは確かだな。ユウリは、そこにいる？』

　問われ、「はい」と応じたダルトンが、スマートフォンをユウリに差し出す。

「お父さん」

　渡されたスマートフォンを耳元に当て、ユウリが父親と話す。

「――もしもし？」

『やあ、ユウリ。ダルトンに聞いたけど、隆聖君が迎えにきているそうだね？』

「うん」

『それで、お前は、今から彼と行くつもりなのか？』

「そう」

『ダルトンのことは、どうするんだ？』

　ちょっと無責任ではないかと匂《にお》わせた父親に、ユウリが弁明する。

「申し訳ないとは思っているけど、急を要しているみたいなんだ。ダルトンのことは、このあと、幸徳井家のほうで、ダルトンの行きたいところに送ってもらうようにするし、できれば、今日一日、タクシー代わりに使える車と運転手を用意してもらうよう、今から隆聖と交渉してみるから」

言いながらチラッと従兄弟を見れば、交渉するまでもなく小さく頷いた隆聖が、顎《あご》で配下の人間に指示を出した。

ユウリが続ける。

「オッケイそう」

『そうか。それなら、まあ、しかたないな。——もっとも、ダルトンなら、どこで放り出そうと平気だろうけど』

冷たいとも言えそうな信頼を示し、父親が続ける。

『とにかく、事情はわかったから、ダルトンと替わってくれるか』

そこで、ユウリがダルトンにスマートフォンを返すと、その場で、二言、三言話してから、電話を切った。

それから、ユウリの頭に手を置いて、言う。

「じゃあ、ユウリ。ひとまずここでお別れみたいだけど、東京でまた会えるんだろう？」

「はい」

「それなら、その時に」

そこで、チラッと青い瞳で隆聖を見やった彼は、あてつけがましく、ユウリの頬にキスをして続ける。

「なんだか知らないが、気をつけろよ、ユウリ」

それに対し、ふと漆黒の瞳を翳《かげ》らせたユウリが、真摯《しんし》に言い返す。

「ダルトンこそ、身の回りに気をつけて――」

その後、別の車に乗り込んだダルトンは、隆聖が支えるドアから慣れた様子で後部座席に乗り込むユウリを見て、小さく「なるほど」とひとりごちる。

幼少期に彼のそばにいたのなら、傲岸不遜《ごうがんふそん》で傍若無人の権化《ごんげ》ともいえるアシュレイに対し、信じられないほどの耐性を示すのも不思議ではない。――まして、良識あるシモンが見せる独占欲など、聞き分けのいい五歳の子供のそれくらいだろう。

走り出した車の中、小さな笑みが、ダルトンの口元を彩る。「快楽主義者《エピキュリアン》」の異名をとる彼にとって、この状況を含めたすべてが、おもしろかったのだ。

「ユウリ・フォーダム、ますますもって恐るべし、だな」

# 4

翌日。

幸徳井家が山中に持つ修行場で、丸一日かけて禊《みそぎ》を終えたユウリが、別室で着替えをしながら訊き返した。

「――炎の馬？」

「ああ」

ユウリの髪がまだ若干《じゃっかん》濡《ぬ》れているのに気づき、近くにあったドライヤーを取りあげた隆聖が、説明する。

「一昨日は、ついに死者が出た」

ブワーッと耳元で鳴り出したドライヤーの音にかき消されそうになったが、辛《かろ》うじて聞き取ったユウリが、「死者？」と繰り返して、眉をひそめた。

「取り殺されたってこと？」

「事故の瞬間を見ていないのでわからないが、近くで炎の馬らしきものが目撃されているし、警察の記録を見る限り、運転手は酒を飲んでいたわけでもなければ、危険ドラッグなどの薬物をやっていた様子もないのに、完全に車線とは反対側の壁に激突している。明らかに、何かに幻惑されたとしか思えない状況で、警察も首をひねっているくらいだ」

「幻惑ねえ」

　呟くユウリの黒絹のような髪をかき混ぜながら、「それと」と隆聖は続けた。

「ボンネットに奇妙な足跡が残されていた」

「奇妙って、どんな？」

「車体がひしゃげてしまって、正確な形はわからないが、馬の蹄《ひづめ》のような形をした焦げ跡だそうだ」

「ふうん」

　説明を聞いたユウリが、尋ねる。

「それで、僕は何をすればいいわけ？」

「特に、何も」

「何も？」

「そう。相手の正体がわからないことには、何もできないからな。炎の馬の出現は鴨川《かもがわ》周辺に偏っているから、まずはそのあたりを一緒に回ってみて、異変を感じたらあとを追う。――まあ、何か意味があるものなら、間違いなく、向こうからお前のところに寄ってくるだろう」

　つまり、簡単に言えば、エサである。

　小さい頃から、ユウリのまわりには、いろいろなものが集まってきた。

　救いを求めるものから彼の魂を狙《ねら》うよからぬものまで、あらゆるものが、集まってくるのだ。

　あたかも、闇夜《やみよ》の灯明《とうみょう》に蛾《が》が群れるように――。

　それとは反対に、持ち前の霊能力と修行によって身につけた呪術《じゅじゅつ》で、数多の怪異を封じてきた隆聖のまわりには、その力の強さゆえに、怪異のほうで警戒し、めったなことでは近づいてこない。

　だから、隆聖がいちばん苦労するのは、怪異の現場を見つけ出すことだった。

　怪異の場所が初めから特定され、その場に赴けばすむような場合はなんてことないのだが、今回のように、怪異はあっても、その場所が不特定である場合、なかなか相手の尻尾《しっぽ》を摑むことができない。

　そんな時、ユウリの存在というのが、際立って便利なのだ。

　そして、ユウリのほうでも、そんな自分の立場をわきまえていて、エサに使われることを不満に思うでもなく、あっさり頷く。

「わかった」

　それから、ふと時計を見あげて訊いた。

「それはそうと、僕にメールとか来てなかった？」

もともと、ほとんど携帯電話をチェックしないユウリであるが、禊の間は、電子機器類をすべて身の回りから遠ざけるという決まりがあるため、今現在、ユウリの手元にはない。それを気にしたことのないユウリにしては珍しい質問に、ドライヤーのスイッチを切って置いた隆聖が見透かすように瞳を細めて訊き返す。

「今、確認させるが、もしかして、あの男のことが気になるのか？」

あの男とは、もちろんダルトンのことを指している。

「うん、まあ、ちょっとね」

時計を見あげた隆聖が、言う。

「今頃はもう、親父さんと一緒に東京だろう」

「そうだね。――無事に着いているといいけど」

「心配せずとも、無事に着いて、会場入りしている」

「え？」

ユウリが、意外そうに従兄弟を見あげた。

「――なんで、そんなこと、隆聖が即答できるわけ？」

隆聖とダルトンが、メールアドレスを交換するような間柄とは思えないし、まして連絡を取り合うどんな用事もないはずだ。それだというのに、何故、隆聖がダルトンの動向を知っているのか。

隆聖が答える。

「それは、お前が、昨日から何かを気にしているようだったから、念のため、修行中の術者を一人、張りつかせてあるからだ」

「そうなの？」

まさか、そんな手回しのいいことをしているとは思わなかったユウリが、ややあってホッとしたように礼を言う。

「……ありがとう、隆聖」

「礼はいい。こっちの都合で拘束《こうそく》している隙《すき》に、フォーダム家の客に何かあっても困るからな。当然の処置だ」

そこで、ようやく安心したユウリは、幸徳井家の用事に集中することにして、隆聖とともに修行場をあとにした。

5

草木も眠る丑《うし》三つ時。

ユウリは、一人、鴨川の川縁《かわべり》を歩いていた。

先ほどまでは、確かに隆聖たちと行動を共にしていたのだが、炎の馬が出現したという報告が入り、車を降りて路地に入ったところで、みんなとはぐれてしまったのだ。

ユウリは、はぐれたまま、静まり返る寺社の前を通り、寝静まった家屋《かおく》を尻目に歩き続け、ついに出たのがこの川縁だ。

なぜ、ここに来たのかは、自分でもわからない。

わからないが、足が赴くまま歩いていたら、ここに出た。

ユウリは、暗い川縁を歩く。

はぐれたことは、あまり気にしていなかった。隆聖なら、すぐにユウリの所在を突き止めてくれるだろう。

それより気になるのは、辺りを包み込む異様な静けさのほうだ。

夏の夜であれば、恋人たちのそぞろ歩く姿があってもおかしくないが、さすがに時間が遅すぎるのか、川原に人影はなく、ひっそりしている。

昼間、あれほどうるさかった蟬の声も、今はない。

ザアザアと流れる川の音が、静けさをよりいっそう際立たせる。

自然界のもの以外、すべてが死に絶えたような原初の闇が支配する空間――。

水面を渡ってきた風が、ユウリの黒髪をなびかせた。

と――。

闇の底から、その声が聞こえてくる。

ヒヒイイイイン。

馬のいななき。

足を止めたユウリが暗がりに目を凝らしていると、前方にポッと明かりが灯った。

じっと見ていると、そのオレンジ色の灯火は、揺れながら近づいてきて、徐々に徐々に大きくなっていく。

再び響いた馬のいななき。

ヒヒイイイイン。

ヒヒン、ヒヒイイイン。

それと一緒に、砂利《じゃり》を踏みしめる蹄の音もするようになった。

ザッザッと。

ユウリが見ている前で、川原の砂利を踏みしめて燃え上がる馬が近づいてきた。

炎の馬だ。

ユウリは、その場に立ちつくしたまま、相手が近づいてくるのをジッと見守る。

不思議と怖くはなかった。

今や、炎の馬は、見あげるような大きさになってユウリの目の前に迫っている。

それでも、ユウリは動かない。動かず、煙るような漆黒の瞳で、ひたすら炎の馬を見つめ続けた。

きれいな馬だ。

炎をまとっているが、本来は白い馬だろう。

速度を落とさずに駆《か》け寄ってきた馬が、ユウリの数歩手前で大きく跳躍し、高い位置から見おろしてくる。

ユウリの漆黒の瞳と、馬の茶色い目が合った。

馬の前足が、ユウリの上に落ちかかる。

そこに至って初めて腕をあげて身を庇ったユウリの耳に、その時、鋭い声が届いた。

「臨兵闘者皆陳列在前《りんぴょうとうしゃかいちんれつざいぜん》、悪鬼退散！　急々如律令《きゅうきゅうにょりつりょう》！」

同時に、空気を切り裂いて、何かが炎の馬に叩きつけられる。

次の瞬間。

ユウリの頭上で閃光《せんこう》が走り、バッと──。

火炎が四方に飛び散り、原形を失った炎の馬が宙に溶け込むように消え失《う》せた。

断末魔の叫びをあげるでもなく、抵抗して暴れまわるでもなく、隆聖の放った霊力に触れて消滅したそれが、いったい何であったのか。

消え失せた一瞬、ポトンと何かが落ちてきた気もしたが、よくわからない。

赤々とした幻獣が消え去ったあとには、暗い河原の景色だけが残される。

静まり返った夜の河原に、「ユウリ」と隆聖のよく通る声が響いた。

「大丈夫か、ユウリ？」

「あ、うん。大丈夫」

近づいてきた隆聖は、炎の馬を避けた拍子に尻もちをついていたユウリのかたわらに立つと、手を差し伸べて助け起こしながら言う。

「急にいなくなったら、みんな、心配するだろう」

「ごめん。気づいたら、はぐれてたんだ。——でもまあ、炎の馬には会えたから」

「会えたって、お前」

手を離した隆聖が、呆《あき》れたように続ける。

「あんな何もせず、ぼおっと突っ立ったままでいて、いったいどういうつもりだ。下手をしたら、下敷きになっていたかもしれない」

「……そうなんだけど、でも、たぶん、それでも、大丈夫だったんじゃないかな」

「大丈夫だったって?」

眉間にしわを寄せ、隆聖は不審げに訊く。

「何が、大丈夫なんだ。アレについて、何かわかったのか?」

「何も」

首を横に振ったユウリが、「でも」と続ける。

「少なくとも、人を殺すような悪意は感じられなかった。もしかして、タクシーの運転手が亡くなったというのも、運の悪い事故で、アレのせいではなかったのかもしれない。

――もちろん、そうなるに至ったきっかけは、きっとアレにあるんだろうけど、決してわざとではないというか、傷つけようなんて意思はなく、たまたまアレに遭遇してしまった運転手が、ハンドル操作を誤ってしまったというだけじゃないかと。そうでなければ、事故は必至で、それに惹《ひ》かれて、アレが来たのか」

黙って聞いていた隆聖が、そこで「ああ」と同意する。

「それは、あるかもしれないな。なんといっても、まだ少し早いが、お盆を迎えるこの時期、馬は、背に負う死者を探している」

「……そうなの?」

「そうなの――って、一時は、京都にいたくせに、知らないのか?」

「ごめん」

素直に謝るユウリに、隆聖がユウリの頭をポンと叩いて教える。

「迎え火を目指し、死者を乗せてこの世に走りくるのは、馬。逆に送り火に押され、死者を乗せてゆっくり彼岸《ひがん》へ帰るのは牛と、昔から相場は決まっている」

「もしかして、キュウリの馬とナスの牛のこと?」

「そう」

キュウリやナスに割り箸《ばし》を刺して飾るお盆飾りは、都会ではあまり見られなくなった日本の有名な風物詩だ。

「背に負う死者を探しているか……」

感慨深げに呟いたユウリが、「なんにせよ」と続けた。

「隆聖の霊力に触れて消えちゃったわけだから、もともと実体のあるものではなかったんだよ」

「あるいは――」

ユウリが尻もちをついていたあたりで腰を折り、地面から何かを拾いあげた隆聖が別の可能性を示唆《しさ》する。

「実体が、とても小さかったか、だな」

隆聖が拾いあげたのは、丸みを帯びた馬の根付だった。しかも、ところどころ飴色がかった、「なれ」のある象牙彫りの根付だ。

「あ、それ」

驚いたユウリが、隆聖から根付を受け取り、顔を近づけてよくよく観察する。

案の定、全体的な様子もさることながら、裏側に「時」の刻印があり、ここ最近、ユウリが見たものと同じ作者であることがわかった。

「やっぱりそうだ。――だからなんだな」

馬の根付を持って一人納得しているユウリを見おろし、隆聖が訊く。

「何が『やっぱり』なんだ？」

「あ、うん。さっき、アレと目が合った時、妙に親和してしまったというか……」

「親和？」

漆黒の瞳を細めた隆聖が、訊き返す。

「炎の馬と？」

「そう。僕の中の何かと、呼び合っているみたいだった。だけど、アレの正体がこれであるなら、それもわかるよ」

端正な立ち姿の従兄弟が訝しげに見おろす前で、ズボンのポケットに手を突っ込んだユウリは、そこに入っていた小さな丸みのあるものを取り出して、見せた。

「ほら、これ」

隆聖が、訝しげな表情のまま、ユウリの手の平に載っているものを取りあげる。

「牛の根付か？」

「うん」

その牛の根付は、隆聖が見ても、先ほど拾った馬の根付と同じ特徴を有していた。

ユウリが、もう片方のポケットから、別の根付も取り出した。

「こっちは、ニワトリなんだけど、他にも同じようなもので、虎と龍を見たことがある。たぶん、全部、作者は同じ」

ユウリが指先でつまんでいる根付と、自分が手にしている根付を見比べ、隆聖が「なるほど」と呟いた。

「ニワトリと牛と虎と龍。それに対する馬か……。すべて十二支の動物ということは、それぞれ、干支《えと》に対応した性質を持っていると考えていいわけだ。それなら、あれが、炎に包まれていたのもわかるな。干支の午＝馬であれば、方位は南、五行なら火気の正位だから、その性質も一緒に具現化してしまった可能性は十分あるだろう」

「うん」

「だが、そうなると、今この時期に、干支神が暴れ出す理由がわからない。干支神を祀《まつ》る下鴨《しもがも》神社で、何か予兆があったという話も聞いていないし」

言いながら根付をひっくり返した隆聖が、裏に刻まれた文字を読み取って、「時？」と声にする。

　ユウリが答えた。

「ああ、そう。どうやら、この根付の作者は『時阿弥』という人で、しかも、珍しい印籠とセットで作られたようなんだ」

「……『時阿弥』？」

　繰り返した隆聖が、問う。

「つまり、制作者は、『阿弥衆《あみしゅう》』の一人ということか？」

　それに対し、『阿弥衆』がわからなかったユウリが、不思議そうに訊き返す。

「『阿弥衆』って？」

　だが、その時、路肩に停めた車の近くに控えていた術者の一人が、やけに慌てた様子で走り寄ってきて、手にしたスマートフォンを差し出しながら報告した。

「お話し中、申し訳ありません。東京にやっていた者からの報告で、何やらあちらでトラブルが発生したようです」

「東京？」

　隆聖と顔を見合わせたユウリが、ハッと気づいてうろたえる。

「東京って、まさか、ダルトンに何か？」

　術者の手からスマートフォンを受け取った隆聖が、その場で少し話したあと、電話を切って静かに告げた。

「どうやら、その『まさか』らしい。お前の客人が、今日の午後、——もう昨日になるのか——、特別公開授業が行われている会場から、忽然《こつぜん》と消え失せたそうだ。——たぶん、お前の携帯にも、親父さんから連絡が入っているだろう」

「そんな——」

呆然《ぼうぜん》とするユウリの肩に手を回し、押すようにして歩き出しながら、続けた。

「とにかく、戻るぞ、ユウリ。それで、お前はひとまず始発に乗って東京に行け」

言われるまでもなく、行くつもりでいたユウリが頷き、足を速める。

こうなることが半ば予測できていたのに、ダルトンのそばを離れてしまったことを悔やみながら——。

6

それより、半日ほど前。

東京駅近くにある国際会議場の建物内を、ダルトンはコンビニのビニール袋をワシャワシャと揺らしながら歩いていた。

買ったのは、おにぎりとお茶のペットボトル。

目移りするほどいろんな種類があるおにぎりは、何か作業をしながらでも手軽に食べられる、とても便利な食べ物だ。

食べ物だけでなく、都内に張り巡らされた交通網は正確に運行され、表示やアナウンスもわかりやすく、何をするにも便利だった。その上、構内アナウンスに至っては、ご丁寧《ていねい》にも、人の忘れ物さえ気にかけてくれる。

親切で、きれいで、過ごしやすい街。

まだ表層部しか見ていないダルトンだが、多くの外国人が、日本を好きだと言うのもわかる気がした。彼自身、今後、頻繁《ひんぱん》に訪れそうで、その都度、ユウリと過ごすのも悪くないと思っている。

国際会議場では、来日したレイモンド・フォーダム教授による特別公開授業が行われていて、テレビカメラの入った会場は活気を帯びていた。

題して、「ケンブリッジ大学のインスパイア教室」。

しかも、午前中に行われた英語による授業に続き、午後は、日本語による通訳なしの授業が行われるとあって、注目度も高まっている。

日本語が堪能《たんのう》なレイモンド・フォーダムだからできる芸当といえよう。

ただ、教授の補佐をするために一緒に来日したダルトンは、日本語をほとんど解さないため、この時間、やることがない。会場で見学したところで、ちんぷんかんぷんで欠伸《あくび》が出るだけだから、教授に許可をもらい、休憩することにした。

関係者に割り当てられた部屋はいくつかあり、ダルトンは、そのうちの一つであるフォーダム教授の控え室に入る。

そこには、数人の日本人スタッフがいた。

この企画を運営する実行委員会の人の話によれば、三百席しかない席数に対し、五千を超す応募があり、ボランティア・スタッフの中には、会場に入るのに、抽選という不確かな手段に頼らず、裏方を手伝うことを選んだ人間もいるらしい。

それほど、熱狂的なファンがいるだけのことはあり、教授の右腕として働くダルトンまでもが一目置かれ、好意的な視線が寄せられる。——もっとも、一部の女性が送ってくる視線には、違う意味合いのものもあるようだが、ダルトンはまったく食指を動かされない。

異国の地を堪能する刺激が、平凡な快楽を上まわっているのだろう。

女性スタッフの一人が、きれいな英語で話しかけてきた。

「もしかして、お昼、足りませんでした？」

「いえ。十分すぎるほどでした。――ただ、ちょっと小腹がすいたので」

お昼は、彼の分まで、豪華なお弁当が用意されていた。

お弁当の文化は、今、ヨーロッパを席巻《せっけん》していて、ケンブリッジ大学に在学するダルトンのまわりでも、お弁当を作ってくる学生がいる。だが、今回提供されたお弁当は、お弁当の域を超えた、すでに一つの芸術品だった。

「即席でよければ、お味噌汁《みそしる》もありますけど、飲みますか？」

「あ、じゃあ、お願いします」

言いながら、コンビニの袋をテーブルの上に置いたダルトンだったが、置き方が悪かったらしく、おにぎりが袋から転がり落ち、入ってきたばかりのドアのところで止まった。

スライド式のドアは開け放たれていて、おにぎりは、ちょうど内と外の境の上にある。

ダルトンがおにぎりを拾いあげようと腰を屈めると、今度は、ポケットから何かが落ちた。

丸い形の小さな物体。

敷居《しきい》の上に落ちたそれは、落下の衝撃でパッカリと二つに割れる。

まさか割れると思っていなかったダルトンは驚き、そっちに意識を奪われる。しかも、割れたその断面に見えたのは――。

（え、これってまさか――？）

それが何であるかを認識した瞬間――。

パアアアッと。

目の前が、まばゆい閃光に包まれる。

それから、フッと。

ダルトンのまわりから、すべてが遠ざかった。


その直後。

慌ただしく廊下から入ってきた男が、敷居の上にあったものを蹴飛《けと》ばす。

コンと。

音をたてて転がったそれが、壁際のテーブルのところで即席の味噌汁にお湯を注いでいた女性の足下に転がる。

だが、新たに入ってきた青年はそれに気づかず、彼女の背後から訊く。

「あれ、ダルトンを見なかった？　確認したいことがあったんだけど……」

「ダルトンならそこに――」

言いながら振り向いた女性が、「え？」と驚いてあたりを見まわす。

「あら、変ね。今しがたまでそこにいたのに」

首を傾げる女性。

「……トイレにでも行ったのかしら？」

その時、彼女の靴が、先ほど転がったものをさらに蹴飛ばし、開きっぱなしになっているスライド式のドアのほうへ押しやった。

ドアにぶつかった反動で、割れていた二つの面が一つに戻る。

だが、部屋の隅の、しかも人の目の届かないところで起こった小さな出来事など、誰の目にも留まらない。

「ああ、ヤバい。次の小休憩までに確認したいんだけど、誰か、ダルトンの携帯の番号知らないか？」

それに対し、手をあげる者はなく、諦《あきら》めた青年は慌ただしく部屋を出ていった。

やがて、大盛況のうちに特別公開授業が終わり、控え室に戻ってきたレイモンドが姿の見えない教え子の所在を確認しようとしたところ、どこにもいないことが判明した。

キース・ダルトンは、その時を境に、消え失せた。

# 第三章　連続するアクシデント

## 1

地中海に浮かぶ島々。

その中の一つ、自然豊かな島の突端にベルジュ家の別荘はある。

白を基調に、ギリシャ風の柱をふんだんに使って建てられたパラディオ様式の城館。それが、紺碧《こんぺき》の地中海と青い空に、よく映える。庭には南国の花々が咲き乱れ、まさに、この場所こそが天国《パラダイス》なのではないかと思わせる素晴らしさだ。

午前中の清々しい大気の中、島内をジョギングしてきたシモンは、海側の平たい階段をあがり、テラスに面したガラス張りのトレーニングジムに入る。

スラリと優美な身体《からだ》。

白く輝く金の髪。

うっすらと汗をかいた相貌《そうぼう》は、ギリシャ神話の神々も色あせるほどの美しさだ。

ジムのベンチに片足を乗せ、身体を折り曲げて簡単なストレッチをしていると、内に面したドアが開いて、弟のアンリが顔を覗《のぞ》かせた。

ロマの血を引く異母弟《いぼてい》のアンリは、金髪碧眼の多いベルジュ一族にあっては異色ともいえる黒褐《こっかっしょく》色の瞳《ひとみ》に黒褐色の髪をした青年だ。その背景には複雑な事情があるのだが、そんなハンディも難なく乗り越え、彼は、今や、ベルジュ家にとって、なくてはならない存在になっていた。

シモンほどではないにせよ、見目麗しく物腰には気品があって、精悍《せいかん》さに至っては、それこそ兄をわずかに上まわる。成績も際立って優秀で、九月からロンドン大学に通うことは、ほぼ確実となっていた。

兄の姿をとらえたアンリが、言う。

「ああ、やっぱりここだった。窓から、戻ってくるのが見えたから」

どうやら捜《さが》されていたらしいと知り、シモンがチラッと視線を流して訊《き》く。

「やあ、アンリ。何か用かい?」

「うん。ちょっと話があって。――今、いい?」

「構わないよ」

快く応じたシモンだったが、その時、ベンチに置いてあったスマートフォンが鳴り出したので、指をあげてちょっと待つように指示する。

画面を見れば、そこに親友であるユウリ・フォーダムの名前があり、軽く眉《まゆ》をあげたシモンが電話に出る。日本とは六時間の時差があるので、電話で話す場合、かけるタイミングが微妙だ。それで、ユウリとは、メールのやり取りが主で、この数週間、ほとんど直接話をしていない。

それだけに、ユウリからの電話は、なんらかのトラブルを予感させた。

「アロー」

『あ、シモン？』

耳元で響いた涼やかな声を聞きながら腰を屈めてタオルを取り、シモンは汗を拭《ふ》きつつ会話を続行する。

「やあ、ユウリ。元気かい？」

『うん。シモンは？』

「元気だよ。君の声を聞けて、さらに元気になったけど、それにしても、電話なんて珍しいね。どうかしたのかい？」

挨拶《あいさつ》が終わったところでさり気なく用向きを尋ねると、案の定、ユウリの声がわずかに陰りを帯びる。

『あ、うん。……ちょっとね』

どうやら、本当にトラブル発生のようである。

ユウリが続ける。

『実は、ダルトンが、行方不明になったんだ』

「行方不明？」

びっくりして繰《く》り返したシモンの声に、ベンチに腰かけていたアンリも顔をあげてこっちを見る。

「行方不明って、なぜ？」

『それが、僕にもまだ理由がよくわからないんだけど、姿が見えなくなったのは昨日の午後で、父が日本語で公開授業をしている最中だったみたい』

「昨日の午後ということは、いなくなって丸一日くらいか」

スマートフォンを持ったまま少し考えたシモンが、訊く。

「変な話、ダルトンが、知り合った女性と、自主的にどこかに行っているなんてことはないんだろうね？」

「快楽主義者《エピキュリアン》」の異名を持つダルトンなら可能性として否定できない推測をするが、ユウリはきっぱり否定する。

『ないよ。確かに、日頃、少々道徳的に緩《ゆる》いところのある人だけど、父の仕事を手伝っている時はストイックにこなしてくれていたから、それを放り出してどこかに行くなんてありえない。――まして、父に断りもなく』

「まあ、そうだね」

シモンも、その点に異論はない。

「念のために訊いてみただけだから」

『ただ』

シモンの肯定に対し、ユウリが異説を唱える。

『知り合った女性にだまされて連れていかれてしまったってことはあるかも』

「それは、穏やかじゃないね。――まだ聞いていなかったけど、彼は、どういう状況でいなくなったんだい？」

『それが……』

電話の向こうの声が、どこか戸惑ったように報告する。

『最後にダルトンと話した女性スタッフの話では、コンビニから帰ってきて、買ってきたおにぎりを食べようとしていた彼に、彼女がインスタントのお味噌汁《みそしる》を作ってあげていて、次に振り向いたら、もう、そこにいなかったんだって。あまりに唐突にいなくなったから違和感を覚えたそうだけど、その時は、きっとトイレにでも行ったんだろうと思って気にしなかったみたいなんだ。だけど、結局、それっきり姿が見えなくなってしまって……』

「なんだい、それ」

シモンが、澄んだ水色の瞳を細め、訝《いぶか》しげに言う。

「まるで神隠しにでもあったような状況じゃないか」

『……うん』

ユウリが、翳《かげ》りのある声で認めた。

『まさに、そのとおりなんだよ』

「――そのとおりって」

シモンは、少々苛立《いらだ》たしく感じながら唇《くちびる》を噛《か》んだ。

ユウリのまわりで時々起こる、この手の不可解な出来事。

それは、知る人ぞ知る、友人の持つ特殊な能力に引きつけられて起こることである。夜の蛾《が》が灯火に群れるように、ユウリのまわりには、理屈では説明できないようなあれやこれやが寄ってくる。

警戒しなければならないのは、それらのものに影響されたユウリが、簡単に境界線を越えて、彼方に行ってしまうことだった。そうして彼方に行ってしまったユウリが、二ヵ月も行方不明になるという事件が、ちょうど去年の今頃起きている。

シモンが、壁の時計を見あげながら訊いた。

「警察には、もう届けた？」

『昨日の夜、捜索願を出した。警察も、いなくなったのが土地勘のない旅行者で、家出や自主的な失踪《しっそう》とは考えにくいと判断したみたいで、けっこうな人数を割《さ》いて足取りを捜査してくれている。父も、昨日から何度か事情聴取を受けていて、今も警察に出向いているところなんだ。それで、僕のほうでも手がかりを探してみるつもりだけど、今日はもうダルトンたちがいた会場には入れないので、明日にでも行ってみようかと――』

「気持ちはわかるけど、あまり無理はせず、警察に任せることだよ」

さりげなく牽制《けんせい》するが、ユウリには届かなかったようだ。

海に隔《へだ》てられた異国の地で、ユウリが言う。

『実は、一つ気になっていることがあって、もしかしたら、どんなに手を尽くしても、警察には見つけられないかもしれないんだ』

意味深な言葉に、シモンが白皙《はくせき》の面をしかめた。

「それは、『神隠し』が、本来の意味での『神隠し』だと言っている？」

『うん。それで、場合によっては、アシュレイに連絡を取る必要があるかも――』

「アシュレイ」の名前が出たところで、それまで、ひとまず話に耳を傾けていたシモンが厳しく遮《さえぎ》る。

「待ってくれないか、ユウリ。なんで、そこでアシュレイの名前が出てくるんだい？」

当然の疑問だ。

だが、そこには、それなりの理由があるようだった。

ユウリが答える。

『もちろん、連絡しないですむなら、それに越したことはないけど、実は、ちょっと前に会った時、アシュレイがこうなることを予見していた節があって……』

シモンが、小さく天を仰ぐ。

この手の話が進んでいけば、必ずと言っていいほど同じ展開になるのは過去の経験でわかっているが、それでも、何度繰り返そうと、シモンは、その成り行きを素直に受け入れることができない。

今だって、そうだ。

どうして、またしてもアシュレイに繋《つな》がらなければならないのか。

シモンには、耐えがたい現実である。

ベンチの上では、アンリが、珍しく顔色を変えている兄を心配そうに見守る。

事情のわからないアンリにしたって、「アシュレイ」の名前が出れば、内容を問わず、そこに横たわる理不尽さは理解できたし、兄に対し、心底同情できた。

それでも、さすが理知的で冷静沈着なシモンであれば、すぐに事実を受け入れ客観的に判断する。

「まあ、あの人なら、何を予見しても驚きはしないけど……」

額《ひたい》に落ちかかる淡い金の前髪をかきあげながら、「それで」と続けた。

「アシュレイに会ったというのは、もしかしてクリスティーズでの話？」

投げ出された確認に対し、電話の向こうで、ユウリが驚きの声をあげる。

『——なんで、そのことをシモンが知っているの？』

疑問形式ではあったが、その返答は、シモンの質問に対する肯定と受け取っていい。つまり、クリスティーズでのことが、この件に絡《から》んでいるということである。

「やっぱりねえ」と溜《た》め息《いき》をついたシモンが、教えてくれる。

「忘れているかもしれないけど、あの時、うちのエージェントが会場にいただろう。ロワールの城にある東洋の間のコレクションに加えようと思っていた印籠《いんろう》の競《せ》りに、君の姿があったと、昨日、別荘に顔を出した彼に報告を受けたんだ。それも、エージェントが探りを入れた結果、印籠を競り落としたのは、アシュレイらしいということがわかった。しかも、アシュレイ商会ではなく、コリン・アシュレイ個人だと。——となると、あの場所には、アシュレイがいた可能性が出てくるわけで、実は、僕の方でも、その件で君に連絡を取ろうとしていたところなんだ」

『ふうん』

ユウリは感心しながら応じる。

『さすが、シモン。なんでもお見通しだね』

「そんなことで誉《ほ》められても、ちっとも嬉《うれ》しくないよ、ユウリ。それより、本当にアシュレイに連絡するつもりなのかい？」

『……う……ん』

ユウリ自身、そのことに躊躇《ためら》いはあるようだが、やはり事実からは目を背けられないと考え直したようだ。

『たぶん、十中八九、そうなると思う』

「そう」

再び壁の時計に目をやったシモンが、すぐさま決断する。

「わかったよ、ユウリ。ただ、連絡するのを半日だけ待ってもらえないか」

『半日？』

その時間で、いったい何が変わるのか。

わからずに訊き返すと、シモンがさらりと理由を口にする。

「今からすぐにここを発《た》てば、今日の夜――そっちの時間だと明け方になるのかな――には、日本に着くから」

『日本に着くって――』

シモンの説明に主語が抜けていたため、ユウリが訝しげに確認する。

『いったい、誰が？』

「もちろん、僕だよ」

『え、でも、シモンが来るのって来週のはずじゃ……』

「そうだけど、そんな呑気《のんき》なことを言っている場合ではないだろう？」

『もちろん、そうだけど、何もシモンまで――』

反対しかけたユウリを遮って、シモンは宣言した。

「ということで、明日、東京で会おう、ユウリ」

ユウリがまだ何か言っている電話を切り、スマートフォンをしまいながら、シモンはそのままジムを出ていこうとした。

だが、歩き出した足を止め、ベンチに座っている弟を振り返って訊く。

「そういえば、話があると言っていたね、アンリ」

「あ～、うん」

組んだ足の上に頬杖《ほおづえ》をつき、悩ましげに兄を見あげたアンリが、ややあって首を振る。

「話はあったけど、ちょっと込み入った話になると思うので、今はいいや。それより、夜までにユウリのところに行くなら、早くしたほうがいいよ」

「そう？」

あまり人を頼ることをしない異母弟の言う「込み入った話」というのにも興味を惹《ひ》かれたが、三度《みたび》時計を見あげたシモンは、そこで「悪いね」と謝る。

「帰ってきたら、ゆっくり話そう。──それで、いいかい？」

「了解《ダコール》」

にっこり微笑《ほほえ》み、小さく手を振って颯爽《さっそう》と出ていく兄を送り出したアンリは、一人になったところで呟《つぶや》く。

「もっとも、ユウリと会ったあとでは、ゆっくり話をするどころの騒ぎではなくなっていると思うけど……」

## 2

翌日の午前中。

宣言どおり、シモンが東京にやってきた。

ギリシャの島から日本まで、どんな経路とコネクションを利用したのかは皆目わからないが、とにかくユウリは、朝早くに連絡を受け、泊まっているホテルのロビーでフランスの貴公子と、ほぼ一ヵ月ぶりの再会を果たした。

ユウリを軽やかに抱き寄せたシモンは、頰にキスをして、挨拶する。

「やあ、ユウリ。久しぶりだね」

「本当に、シモン。会えて嬉しい」

「僕もだよ」

快活に応じたシモンは、強行軍の疲れなどまったく見られず、相も変わらず高雅で神々しい。

二人は、ひとまずロビーラウンジに落ち着き、軽い朝食を取ることにした。

コーヒーとトースト、それにサラダと卵料理を食べながら、シモンが訊く。

「お父さんは？」

「仕事で筑波《つくば》に行っている」

「まあ、忙しい方だからね。でも、内心ではさぞかし心配しているだろうな」

「うん。さすがにまいっているみたいだったよ。なんといっても、自分が連れてきたからには、ダルトンに対して責任があるから」

「そんなの、いなくなったのは、別にフォーダム博士のせいではないだろうに」

友人の言葉に対し、ユウリは小さく肩をすくめる。

そんなこと、父親だってわかってはいるだろうが、それでも、責任を感じずにはいられないのが、レイモンド・フォーダムという人間だ。それに、息子に引き続き、今度は教え子までもが謎《なぞ》の失踪を遂げたのであれば、マスコミが黙ってはいない。

またぞろ、根も葉もないことを書きたてられてしまうだろう。

一度経験しているだけに、自分や自分に関係している人間のせいで、父親が世間からバッシングを受けるのは、ユウリには耐えがたいことだった。だが、ユウリやダルトンを守るためなら、レイモンド・フォーダムは、今後、いくらでも自分を盾《たて》に使うはずだ。

ユウリが言う。

「とにかく、騒ぎが大きくならないうちに、早いところダルトンを見つけないと」

フォークとナイフを置いたシモンが、コーヒーに手を伸ばしながら確認する。

「それで、どうするって？」

「ええっと」

シモンより食べるのが遅いユウリは、料理を口に運びながら答えた。

「ひとまず、このあと、ダルトンがいたという控え室に入れてもらえることになっているから、そこを見て、それから考えることにする。――うまくいけば、その場で、ダルトンの気配を感じ取ることができるかもしれないし」

だが、会議場の担当者と約束した時間にはまだ間があったので、ユウリたちは、その場で少しゆっくりすることにした。

夏休みとはいえ、平日の午前中であれば、いるのはビジネスマンばかりだ。

そんな中、明らかに学生とわかる、だが妙に場慣れした異色の二人に、周囲から好奇の視線が寄せられる。

「そういえば、シモン」

コーヒーのお代わりをもらったところで、ユウリが、それまでとはまったく違うことを口にする。

「ダルトンの件とは関係ないけど、アンリと話した？」

「アンリ？」

意外そうに繰り返したシモンが、訝しげに応じる。

「もちろん、夏休みは家族と一緒だったから、いろいろと話はしたけど……」

説明しているうちに、出がけに異母弟とかわした会話を思い出して言う。

「そういえば、ここに来る前、何か話があるようなことを言っていたな。急いでいたので、帰ってから話そうということになったのだけど——え、まさか、それってユウリが絡んだ話なのかい？」

「さあ」

ユウリが首を傾《かし》げる。

「アンリが、シモンに何を話そうとしていたかは、それこそ、本人に確認してみないことにはわからないけど、僕が言っているのは、九月からのアンリの下宿先についてだよ」

「下宿？」

「そう。アンリ、試験も無事に終わって、ロンドン大学への入学は、ほぼ確定だって聞いたよ」

「……ああ、うん。もちろん、通知が来るのはもう少し先だけど、手ごたえは十分あったそうだから」

「まあ、アンリのことだから、心配はしていなかったけど、おめでとう」

「ありがとう」

自分のことではなかったが、家族としてシモンはひとまず礼を言う。

ユウリが、「それで」と続けた。

「本題はここからなんだけど、このままロンドン大学に通うようになるなら、新しく生活環境を整えないといけないわけだよね？」

「そうだけど……」

話の流れが今一つわからず、コーヒーを手にしたシモンが訝しげにユウリを見る。

「それが、何？」

「いや、それで、今、うちの父親とシモンのお父さんの間で、アンリをハムステッドの家に下宿させてはどうかという話が持ち上がっているみたいなんだ」

「ハムステッド？」

コーヒーカップを置いたシモンが静かに、だが、驚きを隠せずに訊き返す。

「ハムステッドって、まさか、君の家のことではないだろうね？」

「うちのことだけど」

「つまり、アンリをフォーダム家に下宿させるってことかい？」

「そう。父の話では、以前から、シモンのお父さんとの間では、その計画が持ち上がっていたって」

「へえ。――僕は、寝耳に水だけど」

そこで、大きく息を吸ったシモンが、ソファーの背にもたれて天井を仰ぎ見る。

「なるほど。アンリをねえ……」

その声に籠《こ》もる苦々しさ。

別荘を離れる間際、異母弟が見せた表情——。

そこには、気遣いと心配と、その陰にちらつく喜びが垣間見えた。

アンリの話がこのことであれば、切り出すタイミングや話し合う時間を考慮したかったというのも十分納得ができる。

そして、あの時の様子からして、アンリは、間違いなくこのことを話そうとしたのだろう。言い換えると、シモンの耳に、前もってこの話を入れておこうという配慮を示してくれたわけだ。それが後回しになったのはシモン自身のせいなので、この場合、アンリに非はない。

問題は、父親である。

そんな話が持ち上がっていたのなら、計画の段階でシモンのほうに一言相談があってしかるべきではないのか。父親同士、友人であるのはけっこうなことだが、ベルジュ家とフォーダム家の付き合いは、シモンとユウリあってのものなのだ。それについては、たとえ相手が家族であっても譲る気はない。

不満げなシモンに、ユウリが説明する。

「もっとも、下宿人を取るという話は、うちの家族の間で、もともと何度か話し合われてきたことなんだよ」

「え、そうなのかい？」

水色の瞳を軽く見開いて、シモンが問い返す。

それも、正直、初耳だ。

ユウリが「というのも」と続ける。

「今、ハムステッドに住んでいるのは、実質、僕一人なわけだけど、あの家を取り仕切ってくれているエヴァンズ夫妻は、人の面倒を見るのを生きがいにしているような人たちで、このままでは、少々物足りないというか」

「まあ、ユウリの場合、十代の男子にしては、面倒をかけないからね」

「……いや、そうでもないと思うけど、とにかく、今のところ、あと一年、二年は、母と姉は日本で暮らすと思うし、父も、基本はケンブリッジに居を置くことになるので、その間、ロンドン大学に通う学生を一人、二人、下宿させたらどうだろうという話はしていたんだ」

「ふうん」

意外そうに相槌《あいづち》を打った貴公子に、通りすがりの女性が秋波《しゅうは》を送る。むろん、無意識だろう。

それを横目に捉《とら》えながら、ユウリは説明を続けた。

「でも、いざ、実際に決めようと思うと、やっぱり、赤の他人を家に入れるにはいろいろりだったとかって」

「そう。——なんでも、シモンのお父さんは、当初、アンリにホテル暮らしをさせるつも
「アンリに白羽の矢が立ったというわけか」

同意したシモンが、「そこで」と続ける。

「それは、そうだろうね」

と迷う部分もあって」

「ああ」
あっさり頷いたシモンが、さすが天下のベルジュ家という内情を打ち明ける。
「実は、現在、カナリー・ワーフにベルジュ・グループの拠点となる支社ビルを建ててい
るんだけど、数年後に本格始動する前に市内に家族が使う家を買おうと思っていて、目を
つけているのが、ベルグレーヴィアのテラスハウスなんだ。十九世紀にベルグレーヴィア
が開発された時に、母方の一族が手に入れた物件があって、今も、一族が関係する企業が
オフィスとして使用している。ただ、ここに来て、手狭になってきたのと、ネット環境の
整備が立ち遅れているというのがあって移転の計画が持ち上がったそうなんだ。そこで、
うちが建設中のビルに優先的に入ることを条件に、ベルグレーヴィアのテラスハウスを
譲ってもらうことに話が決まってね」
「へえ」

なんともはや、住まい一つ取っても、話の規模が違う。

感心するユウリをよそに、シモンは淡々と続ける。

「もっとも、その計画は、早くても二年くらい先の話になってしまうから、アンリのひとまずの住まいは、別に考える必要がある。いちおう、大学の寮というのも考えたんだけど、最近のロンドンはけっこう物騒だから、父が警備という点で引っかかって、それなら、いっそ一年、二年、ホテル住まいをさせればいいということに、以前の話し合いではなっていたはずなんだけど。――それが、まさか」

シモンが、どうにも腑《ふ》に落ちないという口調に戻って、溜め息をついた。

「君の家に下宿とはね」

友人の心情を察したユウリが、微苦笑を浮かべて「そうなんだけど」と補足する。

「たぶん、今までシモンの耳に入らなかったのは、この話を進めるにあたっては、まず何より、アンリがロンドン大学に受かる必要があって、しかも、下手に話が先に動いて、受験生であるアンリに負担がかかったりしたら元も子もないから、父親同士、水面下で話を進めるように気をつけていたみたいなんだ。――つまり、アンリ自身、このことを知ったのは、最近であるはずだよ。そういう意味で、今、いちばん気になるのは、アンリの反応なんだ。――僕は、それをシモンに相談したかったんだけど」

「アンリの反応だって？」

ソファーの背にもたれたまま、シモンは両手を開いて応じる。

「そんなの、訊くまでもないさ。喜ぶに決まっている」

「本当に、そう思う?」

「思うよ」

「なら、よかった。兄弟の友人の家なんて、変に気を遣ってイヤじゃないかと気になっていたから」

アンリのことをよくわかっているシモンのお墨付きを得てホッとするユウリとは対照的に、シモンの胸中は複雑だ。

フォーダム家が下宿人を探していたのであれば、この先、得体の知れない人間がユウリのそばをうろつくことを避けるためにも、身内であるアンリが下宿人になるのがベストであるというのは、わかっている。

だが、気持ちのほうが追いつかない。

ユウリのそばで暮らす。

それが、どれほど、ラッキーなことであるか――。ユウリに癒《い》やされたことのある人間なら、誰もが羨《うらや》むことである。

もちろん、それがわかっているから、アンリは、込み入った話になると言ったのだ。

シモンは、知らず、溜め息をつく。

世の中、意のままにならないことが多すぎる。

普通の人に比べれば、すさまじく恵まれた生活をするシモンであっても、やはり人間である限り、生活に根ざした悩みというのは、尽きないようだ。

その後、約束の時間が近づいたため、二人は席を立ち、東京駅に隣接するホテルをあとにした。

## 3

一昨日、控え室として使われていた国際会議場の小さな部屋は、とてもシンプルで無機的だった。

灰色がかったリノリウムの床に、光沢のある白い壁。

今は折りたたまれて壁際に寄せられた長テーブルとパイプ椅子《いす》は、ダルトンのいなくなった日には、すべて広げられ、四角く並べられていたのだという。

他に部屋にあるものといえば、ホワイトボードと電話くらいだ。

ドアのところから覗き込んだシモンが、第一印象を述べる。

「ずいぶんと、殺風景な部屋だね」

「うん。たぶん、当日は、お茶のセットや食べ物なんかがあったんだろうけど」

「まあ、さすが日本だけはあって、きれいはきれいだけど」

言いながら室内に踏み込んだシモンのあとに続き、部屋に入ろうとしたユウリは、敷居《しきい》をまたいだ瞬間、フッと違和感を覚えた。

何が——と、説明するのは難しい。

本当に、フッと何かを感じたのだ。

もし、何がなんでも言葉にしなければならないとしたら、いちばん近いのは、「歪《ゆが》み」だろう。敷居をまたいだ一瞬、空間が歪んだような錯覚に陥った。

もちろん、立ち止まって見ても、どこにも歪みなどない。

なんの変哲もない出入り口があるばかりだ。

それでも、その場で立ち止まったユウリが、スライド式のドアを滑《すべ》らせてチェックしていると、気づいたシモンが振り返って訊いた。

「どうしたんだい、ユウリ。何か、気になることでも？」

「……うん。なんか、わからないけど、そう」

シモンに応えながら、さらに滑りのよいドアを引いたり戻したりしていたユウリは、その時、ドアがいちばん奥まで押し戻せないことに気づいた。

どん詰《づ》まりまで押し戻しても、ほんの少し出っ張る。

出っ張るせいで、わずかだが通行の邪魔になる。

だが、なぜ、全開にできないのか——。

この手の引き戸は、一度は建築業界で廃《すた》れたが、前後に開けるドアより室内を広く使えることから、再び注目されるようになっていた。しかも、改良を加えたことで、ほとんど重さを感じさせないくらい軽々と動かせ、開け閉めの負担はほとんどなくなった。そして、ここのように出入りの多い場所では、開けっ放しにできるスライド式のドアは、意外と重宝されるようだった。

今、ドアの前には、大量の折り畳み式の長テーブルが壁に寄せるように立てかけられていて、ドアとの間にほとんど隙間《すきま》がない。そのわずかな隙間を通じて奥を透《す》かし見ると、暗がりの中、敷居のどん詰まりに何か落ちているのが見えた。

（なんだろう……？）

丸く小さな塊《かたまり》。

大きさや形状からいって、害虫の類《たぐ》いということはない。それなら、むしろ、ハムスターか何かが丸まっているような感じだ。

単純なところでは、綿埃《わたぼこり》か。

ユウリの背後からのしかかるように一緒に覗き込んだシモンが、耳元で言う。

「何か、見える？」

「う……ん。なんだろう。何か引っかかっているみたいで」

そう告げたユウリは、細い隙間に手を突っ込み、身体を斜めに伸ばして、ドアの全開を妨げているものを取ろうとする。

指先に引っかかったのは、丸みを帯びた何かだ。

思ったより、固い。

それを指で転がすようにして、こちらに寄せ、もう一度寄せ、さらに寄せて、なんとか摑《つか》み取ることに成功する。

立ちあがったユウリが、興味深そうに待っていたシモンの前に、苦労して取ったものを差し出す。

それは、表面に繊細な彫《ほ》りのある象牙《ぞうげ》の根付《ねつけ》だった。

流れるような線で彫られたその模様を、ユウリは、前に、どこかで見たことがある気がした。

「──根付？」

シモンの言葉に、ユウリが頷く。

「根付だね」

「でも、なんの根付かな？　──まさか、蜂《はち》の巣ってことはないだろうし」

（蜂の巣？）

シモンの言葉で、ユウリは、それをどこで見たのか思い出す。

「──違う。これは、龍《りゅう》だよ」

「龍？」

ユウリを見おろして疑わしげに繰り返したシモンが、続ける。

「本当に、これが龍？」

「そう」

根付を丹念に観察したシモンが、ようやく納得する。

「本当だ。言われてみれば、ここに顔のようなものが……」

ドアの全開を妨げていたのは、一目ではそれとわからないほど精緻《せいち》な彫りで龍を表現した古い根付だった。

それも、見事に飴色《あめいろ》がかった象牙彫りの一品。

「――実は、これ、ダルトンが持っていたものなんだ」

「ダルトン?」

意外そうに繰り返したシモンが、確認する。

「間違いないのかい?」

「間違いないよ。京都へ向かう電車の中で、見せてもらったから」

「ふうん。――でも、ダルトンが、根付なんかに興味があるとは知らなかったよ」

「僕も最近知ったことだけど、なんでも友達が、根付にはまって自分で作っているらしく、その影響でダルトンも興味を持つようになったみたい。――もっとも、これは、ダルトンのものではなく、彼が人から預かったものらしいけど」

「預かる?」

こんなものを預かることがあるのかと言いたいのだろうが、説明するのは難しく、ユウリは誤魔化《ごまか》した。

「……まあ、その辺は、ダルトンらしい複雑な事情があって」

シモンの秀《ひい》でた額にしわが寄る。

「複雑な事情ねえ……」

「そう。——とはいえ、その複雑な事情も、それなりに訳ありだったりしたから、これがここに落ちていたということは、やっぱり、ここは、アシュレイに連絡してみるのが、いちばん手っ取り早いかもしれない」

シモンが、眉間にしわを寄せたまま、水色の瞳で胡乱《うろん》げにユウリを見おろす。

「つまり、ダルトンが、その龍の根付を手に入れた経緯には、どうしてか、アシュレイが絡んでいるということ?」

さすがに察しのよいシモンは、ユウリの曖昧《あいまい》な言葉の中に、サクサクと筋道を読み取っていく。

「うん」

頷いたユウリが、続ける。

「確信はないけど、その可能性は高いと思う。だから、確認も含めて、連絡してみる必要があるんじゃないかと」

「理屈はわかったけど、でも、どうやって?」

簡単に言うが、神出鬼没のアシュレイをつかまえるのは、ベルジュ家の力をもってしても難しい。とはいえ、以前から気になっていたことだが、どうやらユウリは、つかまえることが困難なアシュレイとの連絡手段を持っているきらいがあった。そして、それが事実なら、それはそれで由々しき問題である。

ユウリが答える。

「どうって、電話をしてみるだけだよ。出てくれる保証はないけど、少なくとも回線は繋がるはずだから」

「ということは、極秘中の極秘とされているアシュレイの連絡先を知っているんだね？」

「……たぶん」

知っているのが、「極秘中の極秘」の連絡先かどうかは知らないが、いちおう連絡手段を持っているユウリは、躊躇いがちに答えた。

次いで、さりげなくポケットに手を突っ込んで、スマートフォンを取り出す。

ユウリのやることを見ていたシモンが、「おやおや」というように片眉をあげた。

というのも、シモンが知る限り、ユウリが普段使っているのは、最近では珍しい折り畳み式の携帯電話だからだ。人に連絡を取る時くらいしか使わないユウリには、それで十分であるようだ。

それなのに、今、ユウリが使おうとしているのは、明らかにスマートフォンである。

会わない間に、機種変更でもしたのだろうか。

でも、そんな話は聞いていないし、機種変更をしていないとなると、この状況はかなりやっかいだ。

事実、そのスマートフォンは、ユウリがアシュレイに持たされているもので、唯一登録されている番号が、アシュレイと直接連絡を取れるものだった。もっとも、相手が相手なだけに、使うにはかなり勇気がいる。

覚悟を決めるように小さく深呼吸したユウリが、電話をかけた。

だが、いつもは数コールで出る相手が、なかなか出ない。耳元で何度も繰り返されるコール音を聞いていると、その分だけ、向こうの機嫌が悪くなっていくようで、早く切りたくなってくる。

いっそかけなければよかったと、ユウリが後悔し始めた時だ。

コール音が途絶え、電話の向こうに人の気配がした。

ドキドキしていたユウリは、焦る気持ちをそのままに、間髪《かんはつ》を容れず呼びかける。

「アシュレイ?」

だが、それに対し電話の向こうから返ってきたのは――。

『――ユウリか』

京訛《きょうなま》りのある日本語だ。

耳に馴染《なじ》んだその声は、だが、このスマートフォンの向こう側からは、絶対に聞こえてきてはいけないものである。

「え⁉」

混乱したユウリが、無意識にスマートフォンから顔を離し、地球外生命体でも見るような目で見つめる。

いったい何が起きているのか。

電話の混線？

あるいは、番号のかけ間違い？

だが、かけられる電話番号は一つしかなく、混線というのも考えにくい。

スマートフォンを見つめたまま固まってしまったユウリに、シモンが訊く。

「どうかしたのかい、ユウリ。爆弾でも抱え込んでしまったみたいに見ているけど、もしかして、間違い電話？」

「うん。——いや、ううん」

どっちともつかない返事に、眉をひそめたシモンが訊き返す。

「どっちだい？」

「知らない。だって、この電話はアシュレイのものだから、こんなことは、絶対にありえないはずなのに……」

「——アシュレイのもの、ね」

混乱するユウリの口から漏れた重大な事実に、シモンは苦々しく笑う。

やはり、目の前のスマートフォンは、かなりやっかいな部類に属するものであるようだ。

考え込むシモンの前では、自分の失言に気づかず、理知的な友人の声を聞いて少しだけ落ち着きを取り戻したユウリが、ゆっくりとスマートフォンを持ち直し、大きく息を吸ってから確認した。

「——まさかと思うけど、隆聖《りゅうせい》?」

その名前を聞いた瞬間、シモンもハッとして顔をあげ、意外そうに成り行きを見守る。

電話の向こうで、隆聖が『ああ』と応じた。

返事を聞いてもにわかには信じられないことだが、アシュレイにかけたはずの電話に出たのは、ユウリの従兄弟《いとこ》である幸徳井《かでい》隆聖だった。

だが、なぜ、そんなありえないことが起きたのか。

「……なんで?」

『なんでかって』

隆聖が、とても鬱陶《うっとう》しげな口調で答える。

『そんなことを俺に訊くな。お前の客が、勝手に振る舞っているだけだからな』

雅《みやび》な京訛りが、かえって話し手のひんやりとした不機嫌さを際立たせる。

当たり前だが、隆聖は怒っていた。

おそらく、傍若無人《ぼうじゃくぶじん》なアシュレイの厚顔無恥《こうがんむち》な要求に対し、それを眼前でピシャリと封じ込められない状況に追い込まれているせいだろう。

それもこれも、すべてユウリのせいになっているはずだ。

ひやりとしたユウリが、真っ先に謝罪を口にする。

「ごめん、隆聖。えっと、なんとかするから、ちょっとアシュレイと替わって」

だが、それは言下に却下される。

代わって、小さい頃からユウリに対し絶対的な支配力を振るってきた従兄弟が、この状況を打破すべく命令した。

『そんなことより、ユウリ、今すぐ京都に戻ってこい。話は、それからだ』

# 第四章　非時宮《ときじくのみや》のアイオーン

## 1

京都市北部。

平安の昔から貴族の別荘などが建てられたこの界隈《かいわい》は、今もって、閑静《かんせい》な高級住宅地として格式高そうな邸宅が並ぶ。その中でも、ひときわ広大で人を寄せつけない佇《たたず》まいをしているのが、この地に千年続く陰陽道《おんみょうどう》宗家である幸徳井《かでい》家の屋敷だ。

片側に築地塀《ついじべい》が続く細い道をタクシーでのぼっていく途中、冷房の効いた車内でシモンが言った。

「それにしても、なぜ、アシュレイが幸徳井家にいるんだろうね？」

「それは、僕にもさっぱりわからない。本当に、アシュレイってば、何を考えているんだか」

普段から真意の読めない人間であるが、今回の振る舞いは、輪をかけて意味がわからなかった。

だが、アシュレイのやることであれば、きっとちゃんとした理由があるのだろう。

長く続いていた築地塀が途絶えたところに、屋根《やね》つきの立派な門があった。

タクシーはその前で停《と》まり、降り立ったユウリとシモンは、その家のインターフォンを押す。インターフォンの横には、金属プレートの表札があり、そこには繊細な書体で、控えめに「幸徳井」とだけ記されている。

シンプルゆえに、格式の高さを感じさせる表札だ。

応答のあったインターフォンに向かい、ユウリが名前を告げると、すぐに「どうぞ、お入りください」と返答があった。

「先ほどから、隆聖《りゅうせい》様がお待ちです」

その一言が、ユウリの肩にズシンと重くのしかかる。

多忙な隆盛を待たせていることへの後ろめたさ。しかも、そこには、人の神経を逆撫《さかな》でしてやまないアシュレイの存在があるのだ。

電話で隆聖に呼びつけられたあと、いちばん早い新幹線に飛び乗って京都まで来たが、それでも三時間以上は経《た》っているはずだ。

だが、ユウリの懸念《けねん》をよそに、案内された和洋折衷《わようせっちゅう》の応接間にいたのは、アシュレイ一人だった。檜《ひのき》の香りのする部屋にシモンを伴《ともな》って入ってきたユウリをチラッと見やったアシュレイは、すぐに読んでいた分厚い本に目を落として言う。

「こんな時までお供つきとは、恐れ入るね。──どこかで、黍団子《きびだんご》の大安売りでもしてたのか？」

「してません」

だいたい、どこの世界に、シモンをお供と見る人間がいるのか。

それに、ユウリとシモンだったら、どう考えてもシモンが桃太郎《ももたろう》で、ユウリが猿《さる》か犬かキジである。

そう思いながら、ユウリが言う。

「お供ではなく、僕のことを心配して一緒に来てくれただけです。──それより、隆聖はどうしたんですか？」

「俺が知るか。あの電話のあと、血相を変えてどこかに行ったきりだよ。──こうしてみると、日本流の『おもてなし』もたいしたことない」

「そ──」

言葉につまったユウリに代わり、お供扱いされたシモンが王侯貴族の優雅さでソファーに座り、「言わせてもらえば」と痛烈に批判する。

「『おもてなし』を受けたければ、それなりの礼節が必要ということですよ。むしろ、貴方《あなた》の場合、お茶とお茶菓子を出してもらっただけでも感謝しないと」

シモンの言葉どおり、テーブルの上には、涼しげな緑茶と茶菓子が置いてある。それら一つをとっても上品で芸術的だ。

アシュレイが、青灰色の瞳《ひとみ》でシモンを見て応酬する。

「そうは言っても、俺は手ぶらで人の家に上がるほど、礼儀知らずじゃない」

ユウリとシモンが、顔を見合わせた。

東京から大慌てで来たため、二人は、当然、手土産《てみやげ》など持ってきていない。ただの嫌味でも、よく的を射ているものである。

ややあって、ユウリが意外そうに訊《き》く。

「……もしかして、アシュレイ、何か、手土産を持ってきたんですか？」

「当然」

「本当に？」

「ああ」

当たり前のように肯定されるが、アシュレイと手土産ほど似合わない取り合わせはなく、まして、それを隆聖とやり取りしているところなど、想像もつかない。

眉《まゆ》をひそめたユウリとシモンが、同時に首を傾げた。

どう考えても、納得がいかない。

と、そこへ――。

部屋のドアが開いて、隆聖が入ってきた。

ユウリと同じ漆黒《しっこく》の髪と漆黒の瞳を持つ隆聖だが、そこに柔らかさは欠片《かけら》もなく、研ぎ澄まされた日本刀のような冷厳さが存在する。

しかも、さすが千年続く宗教家の次期宗主だけはあり、普通なら、高飛車な態度が板につくアシュレイと、生まれながらにして神々しいまでの気品を備えたシモンの二人を前にすると、大の大人でも圧倒され、どこか小さくなってしまうところを、隆聖に限っては、まったく臆《おく》することなく室内を睥睨《へいげい》した。

シモンとアシュレイと隆聖。

これぞまさに、一片の隙《すき》もない完璧《かんぺき》な三すくみといえよう。

その中にあって、何がどうなっているのかわからないユウリは、一人、どうしたものかと頭を悩ませていた。

そんな不安そうなユウリを見流し、シモンに目顔で小さく挨拶《あいさつ》してから、隆聖はアシュレイの上で視線を止めた。

青灰色の瞳と漆黒の瞳が、火花を散らして絡み合う。

緊張を孕《はら》んだ空気に耐えきれず、すっくと立ちあがったユウリが謝る。

「あの、隆聖、ごめん。よくわからないけど、今――」

だが、片手をあげてユウリを止め、隆聖は日本語で言った。

「座っていろ、ユウリ」

それから、手にしていた紙袋をテーブルの上に置き、アシュレイに向かって英語で続ける。

「確かに、そちらの言うとおりだった。これは、一時、幸徳井にあったものと見て間違いない」

いったい、なんのことやら。

話の見えないユウリとシモンが、チラッと目を見かわした。

アシュレイが、言う。

「だから、言っただろう。俺は、つまらない手土産は持ってこない」

「そのようだな」

納得する隆聖を驚いたように見て、ユウリが呟《つぶや》く。

「……手土産?」

それから、テーブルに置かれた紙袋に視線を移して確認する。

「もしかして、アシュレイ、本当に手土産を持ってきたんですか?」

「ああ。しかも、極上のな」

いけしゃあしゃあと自画自賛して付け足したアシュレイが、口元を歪《ゆが》めて楽しそうに笑う。どうやら、彼主導のゲームがスタートしたらしい。

だが、本格的に話し込む前に、この家のお手伝いさんが静かに入ってきて、流れるような動作でそれぞれの前にお茶を置き、静かにドアから出ていった。ほとんど存在を感じさせない、熟練された動きである。

お茶を一口飲んだユウリが、考え込みながら紙袋を見つめた。

シモンも、同じようにお茶を飲みながら、水色の瞳を向けている。

アシュレイが持ち込んだ「極上の」手土産――。

実に怪しそうである。

ユウリとシモンの訝《いぶか》しげな視線が集中する中、手を伸ばした隆聖が、中から木箱を取り出して、テーブルの上に置いた。真四角の木箱の側面には、歳月にさらされ原形を失った細長い紙が張られている。

一見するとなんでもないもののようだが、そこに辛うじて残されていた記号のような文字に見覚えのあったユウリが、「これ」と訊く。

「もしかして、幸徳井家が施《ほどこ》す封印？」

「ああ。そうだ。よくわかったな」

隆聖の肯定に、ユウリがボロボロになった呪符《じゅふ》を見つめながら答える。

「前に、どこかで見たことがある」

それから、従兄弟《いとこ》を見あげて尋ねた。

「でも、なぜ、そんなものをアシュレイが持ってきたわけ？」

「オークションで競《せ》り落としたそうだ。それで、由来などを調べているうちに、うちに辿《たど》り着いたということらしいが……」

「……オークション？」

その単語に引っかかりを覚えたユウリの前で、隆聖が木箱の蓋《ふた》を開ける。

中に入っていたのは、真ん中に時計の組み込まれた、非常に珍しい印籠《いんろう》だ。しかも、印籠から伸びた紐《ひも》には、虎《とら》の根付《ねつけ》がついている。

覗《のぞ》き込んだユウリが、「ああ、やっぱり」と声をあげた。

「これ、あの時の――」

以前に見た時は蓋が開いた状態で展示され、内側に書かれた箱書きを読んでいたためわからなかったが、この箱が、あの時の箱だったようである。

ユウリの横で、ソファーに深く座り興味深そうに成り行きを見守っていたシモンが、確認する。

「クリスティーズのお宝ですね」

「そう」

答えたアシュレイが、嫌味っぽく付け足した。

「強欲なお貴族サマにしては、諦《あきら》めるのが早かったようだが」

シモンが、チラッとアシュレイを見る。

どうやら、アシュレイのほうでも、競り合っていた相手の一人がベルジュ家であったことを知っているようだ。

アシュレイが、ユウリを親指で示して続ける。

「会場にこいつがいたんで、てっきり、何か知っていて横槍《よこやり》を入れてきたのかと思っていたが、違ったみたいだな」

肩をすくめたシモンが、応じる。

「ええ。ご期待に添えなくて残念ですが、ただの美術的興味ですよ。コレクションに加えるのにいいと思ったものですから」

「コレクション」

アシュレイが、バカにしたように鼻で笑う。

「それは、お貴族サマらしい呑気《のんき》さだ」

「それはどうも。つまり、あの時に、こちらが降りずに張り合っていれば、今のような番狂わせは起こらなかったわけですね？」

「誰にとっての番狂わせか――にもよるが」

「もちろん、僕とユウリにとっての――ですよ」

しっかりとユウリを自分サイドに引き込んだシモンが、「それで」と問う。

「そうまで言うこれは、いったい、なんなんです？」

アシュレイの手土産。

それは、本人の言葉どおり、日本円にして二億円以上の価値がある、まさに「極上」の手土産だったようである。

もっとも、どんなに金銭的に価値があっても、それが、受け取る側にとって、本当にありがたいものであるかどうかはわからない。場合によっては、ありがた迷惑ということもありうるわけで、それがアシュレイの手土産ともなれば、なおさらだ。

異国の青年たちの言葉の応酬を眺めていた隆聖が、そこで口をはさむ。

「これは、さっきユウリが気づいたように、以前、幸徳井のほうで封印を施したことのあるものだ。つまり、いわくつきってことだが、ただ、以前といっても、はるか昔——明治期の出来事で、記録を調べるのに少々時間がかかった」

どうやら、その調べ物のせいで、アシュレイを一人にしていたらしい。

「明治期……」

繰《く》り返したユウリが訊く。

「でも、なんでかな？」

隆聖が、従兄弟を見おろして問い返す。

「もしかして、お前は、封印した理由を訊いているのか？」

「……うん」

「そんなの、幸徳井が封印を施すとなれば、理由なんておのずと決まってくるだろう。放っておくと、いろいろと不都合が出てくるからだ」

「たとえば？」

「それは――」

説明しようとした隆聖を遮り、アシュレイが高飛車に催促する。

「その前に、ユウリ。お前の手土産を出してもらおうか」

「手土産？」

「そう。まさか、本気で手ぶらで来たわけじゃないだろう？」

「えっと……」

本気で手ぶらで来たつもりだったユウリが戸惑っていると、差し出した手をクルクルと回したアシュレイが、焦《じ》れたように言った。

「早くしろ」

「……そう言われても」

ないものはないので、困る。だが、実際は、そうとは知らず、かなりの手土産を持たされていたようだった。

そのことを、アシュレイが指摘する。

「忘れたのか。俺は、お前に大事なものを預けたはずだが……」

「大事なもの？」

繰り返したユウリが、そこでようやく「あ」と気づいて言う。

「もしかして、これのことですか？」

ポケットから取り出した牛の根付を見て、アシュレイが「ああ」と頷《うなず》いた。

「それだよ。よく失《な》くさなかったな。お前にしちゃ、上出来だ」

そりゃ、そうである。

どんなに小さくとも、十万ポンド、日本円にして千七百万円の値がついた根付だ。田舎なら、マンションが買えてしまうような値段のものを、おいそれと失くすわけにはいかない。

そのわりに、ポケットに無造作《むぞうさ》に入れているあたり、ユウリもかなりのお坊ちゃまであるのだが、本人に、その自覚はまったくない。

受け取った牛の根付を、印籠のまわりにあいている穴の一つに収めたアシュレイが「それから、もう一つ」と続ける。

「あのロクデナシの『快楽主義者《エピキュリアン》』にも預けておいたんだが、お前は知らないか？」

とたん。

「アシュレイ！」

飛びつかんばかりの勢いでバッと立ちあがり、ユウリはあこぎな男のほうに身を乗り出して責め立てた。

「やっぱり、ダルトンに龍《りゅう》の根付を渡したの、アシュレイの指示だったんですね？」

「ああ」

おもしろそうに青灰色の瞳を細めたアシュレイが、「そういえば、あの男」と付け足す。

「今、行方不明だそうだな。やっぱり、島流しに遭《あ》ったか。日頃の行いが悪いと、こういう結果をもたらす」

「何を呑気に――」

いったい誰のせいで、こうなったと思っているのか。

ゆるゆると首を振って呆れたユウリが、「アシュレイは」と詰め寄る。

「こうなることがわかっていて、ダルトンに龍の根付を渡したんですよね？」

「だとしたら、なんだ？」

あっさり応じて、アシュレイはうそぶく。

「俺は、あの時、親切にも忠告してやったはずだぞ。――あいつが消えないよう、しっかり見張っとけって」

確かにそうだ。

それなのに、ユウリは、目を離してしまった。

そのことで後悔したユウリだったが、落ち込んでいてもしかたないので話を進める。

「わかってます。だから、アシュレイに電話したんです。助けてもらおうと思って」

「助ける？」

悪辣《あくらつ》な笑みを浮かべたアシュレイが、底光りする青灰色の瞳でユウリを見て続ける。

「俺がダルトンを？」

「はい」

「なんで？」

「なんでって、先輩だし、けっこう、仲がよかったんですよね？」

「いや。全然」

「またそんな——」

薄情なと言いたそうに応じたユウリに、アシュレイが告げる。

「言わせてもらえば、お前のことだって、助けてやる義理なんぞ、これっぽっちもないからな」

冷たく突き放され、小さく溜《た》め息《いき》をついたユウリが認める。

「まあ、確かに、そうですね。——でも、それなら、一つだけ教えてください」

「——何を？」

「どこにいるんですか？」

「ダルトンか？」

「そうです」

「さてねえ」

焦らしていたぶるアシュレイの毒牙《どくが》からユウリを守るように、その時、隆聖が静かに口を開いた。

「――ユウリ。その龍の根付は、今、持っているのか？」

「あ、うん。持っているけど」

ポケットから取り出したユウリが、隆聖に渡す。

「どこにあった？」

「ダルトンがいなくなった部屋に落ちていた」

ユウリの話を聞きながら手にした根付を観察した隆聖が、ややあって告げる。

「……やはり、これが『非時宮《ときじくのみや》』か」

だが、投げ出された言葉がよくわからなかったユウリが、不思議そうに訊き返す。

「『ときじくの宮』？」

「ああ。『非時』と書いて『ときじく』と読ませるのは、有名なところでは、橘《たちばな》の古い呼び名でもある『非時香菓《ときじくのかぐのこのみ》』があげられる」

「あ、そっか」

ぽんと手を打ったユウリが、「それって」と思い出したことを確認する。

「この箱書きにある銘《めい》のことだよね？」

「『非時宮』についてなら、そうだ。だが、その前に、『非時香菓』については、記紀に記述があって、それによれば、垂仁《すいにん》天皇が田道間守《たじまのもり》に命じて、常世《とこよ》の国から取ってこさせた不老不死の食べ物と考えられている。つまり『非時』といえば、不老不死の代名詞でもあるわけだ。おそらく、この銘は、そのことを踏まえてつけられたはずだ」

ユウリが、唇に指先を当てて考える。

「ということは、『非時宮』は、不老不死の宮？」

「そう。記紀の言うところの『常世の国』。――桃源郷《とうげんきょう》のようなものか」

「あるいは、この国でいえば、竜宮城」

ソファーにそっくり返るように座ったアシュレイが、話題を奪い返すかのように横から口をはさんだ。

「竜宮城？」

振り返ったユウリに、失礼にも指を突きつけて続ける。

「龍の根付に刻印されたものであれば、『竜宮城』のほうが当てはまるだろう」

「……ああ、まあ、そうか。確かに、そうですね」

丸め込まれたように納得するユウリの背後で、隆聖が宣言する。

「呼び方はともかく、お前のいなくなった客人は、十中八九、この『非時宮』に飛ばされたんだろう」

「え？」

向き直りながら「『非時宮』に――」と繰り返していたユウリが、振り向き終わるまでにその意味するところを理解して、煙るような漆黒の瞳を大きく見開く。

「飛ばされた⁉」

## 2

ダルトンが、「非時宮《ときじくのみや》」に飛ばされた——。

霊能者である隆聖の口から淡々となされた宣言に、ユウリのみならず、シモンも少なからず驚かされる。

シモンは、ソファーに泰然と座って傍観者の体で話を聞いているが、先ほどから頭の中ではいろいろと考えを巡らせていた。だが、いかんせん、この件に関する前知識が圧倒的に乏しいため、今は、話の全体像を見失わないようにするしかない。

ユウリが、「だけど」と問う。

「それって、どこにあるわけ?」

質問に応えて隆聖が顎《あご》で示したのは、手にしている龍の根付だ。

「それは、『ここ』としか言いようがないな」

「ここって、龍の根付?」

「だから、『非時宮』だと、言っているだろう。すべては、ここから始まっていると言っても過言ではない」

隆聖は、根付を両手の指先でもてあそびながら、「彼が」とアシュレイを目で示して、英語での説明を続ける。

「幸徳井家に来た理由も、そこにある。それと、これらを制作した『時阿弥《ときあみ》』について知りたいそうだが……」

ユウリとシモンの視線を受け、アシュレイが応じた。

「そのとおり。この一連の作品が、かつて、幸徳井家の管理下にあったことまでは調べたんだが、この俺をもってしても、この家が秘めてきた歴史にまでは手を出せなかった。なんといっても、電子化時代のご時世にあって、記録はすべて手書きの文章で保管されていて、パソコンから引き出すなんてことは夢のまた夢だ。正直、驚嘆に値するね。時代遅れも甚だしいが、そういう意味では、フランスのお貴族サマのところより、はるかに難攻不落と言えるだろう」

ユウリが、チラッと隆聖を見る。

アシュレイの言葉に、珍しく誤りがあることに気づいたからだ。

幸徳井家の記録は、データーベース化されていないわけではない。ただ、ネットには繋《つな》がず、独自に開発したデーターベース管理ソフトを使っているので、その存在が外部に知られていないだけである。

だが、わざわざ言いふらす必要もないので、ユウリの視線を横目に捉《とら》えつつ、隆聖は素知らぬ顔で話を進めた。

「『時阿弥』について、一般にも知られているのは、彼が、半ば伝説の人物であるということだ」

「伝説？」

繰り返したユウリが、訊く。

「それは、実在が危ぶまれるってこと？」

「いや。あちこちの資料をひっくり返すと、売買記録などに時々名前が見られるので、江戸時代後期に実在した彫物師であることは間違いない。ただ、生没年不詳で、どこの出身かもわからず、その生涯も謎《なぞ》に包まれている。一つだけ、その名前から判断して、『阿弥衆』、つまりは『同朋衆《どうほうしゅう》』の流れを汲《く》む人間であった可能性は高いが、もちろん、定かではない」

「『阿弥衆』？」

シモンが口をはさんだ。さすがに、日本の文化にはさほど通じていないため、彼の知識にはなかったようである。

ユウリも、先日聞きそびれたので、興味深そうに隆聖を見る。

それに対し、日本の歴史も守備範囲であるらしいアシュレイが、言った。

「『時宗《じしゅう》』の関係者ということだな」

頷いた隆聖が、説明する。

「『阿弥衆』を一口で説明するのは難しいんだが、今しがた彼が言ったように、日本には、『時宗』――誕生当時は、その性質から『時衆』と表記していたんだが――という、『阿弥陀如来《あみだにょらい》』を信仰し、『南無阿弥陀仏』と念仏を唱えることで救われるという教理を持った宗派の中から分離・独立した僧侶《そうりょ》の集団がいた。『踊り念仏』を行った一遍上人《いっぺんしょうにん》がその祖とされているが、まあ、そこまで話していたらきりがないので、そういう集団があったとだけ、言っておく。あと、これはあくまでも一説に過ぎないが、彼らは、一日を六つの時間に分け、交代制で念仏したことから、『時衆』と呼ばれるようになったとする学者もいる」

「祈れ、されば、救われんってやつだな」

話の途中で西洋風に譬《たと》え直したアシュレイに、シモンが頷いて応じる。

「一日を六つの時間に分けるというのも、時禱《じとう》を重んじた修道僧を思わせますね」

隆聖が、「そして」と続ける。

「彼らが、当時の武家社会で、戦場に赴く陣僧に多かったことから、武家との繋がりが強まり、平素においても芸能で彼らの慰めを担うようになっていく。なぜか、当時の『時衆』には、茶や花や能など一芸に秀でている者が多かったんだ」

「彫物師とかも？」

ユウリの確認に、「おそらく」と応じる。

「仏師《ぶっし》や作庭家などにも、『阿弥』号は見られるから、いてもおかしくない。現に、こうして『時阿弥』という名前の彫物師がいたわけだし」

「そっか」

「その後、まだ『時衆』と書いていた初期の『時宗』は廃《すた》れたが、武家に深く入り込んだ彼らの一部は、武家お抱えの芸能者となり、これもまた一説に過ぎないが、一芸を生かして全国を遊行し、各地で情報収集する密偵のような役割を担っていったとも考えられている」

「忍者みたい……」

ユウリが呟くと、聞き逃さなかった隆聖が、「忍者はともかく」と応じた。

「江戸の隠密《おんみつ》たちが、『御庭番』と呼ばれたのも、その流れかもしれないな。もちろん、根拠はないが、『阿弥衆』に作庭家や華道家がいたことから考えても、可能性として否定はできないだろう。――それはともかく、お抱えとなった者たちの中でも特に、室町時代、足利《あしかが》将軍家に仕えたのが、『同朋衆』だ。彼らが『阿弥』号を名乗ることから、『阿弥衆』とも呼ばれるようになった」

そこで、一度言葉を切った隆聖が、「――と、まあ」と続ける。

「いちおう、話の信憑性《しんぴょうせい》を高めるために説明したが、名前以外に、彼が『阿弥衆』であった証拠はなく、要は、『時阿弥』という名前には、そういう歴史上暗躍《あんやく》していてもおかしくない秘密めいた何かを感じ取ることができる——ということさえわかってもらえればいい」

一息ついた隆聖が、「それに」とさらに言う。

「『時阿弥』が、後年、伝説的な人物になったのは、そうした謎めいた生い立ちもさることながら、それ以上に、彼が残した作品に原因があるとみていい」

ユウリが、牛の根付を見おろして言う。

「作品って、たとえばこの牛とか?」

「ああ」

隆聖は頷くが、見たところ、なんの変哲もない牛である。もちろん、愛嬌《あいきょう》といい緻密《ちみつ》さといい、素晴らしい作品であることに間違いはないが、やはり、伝説になるほどのものではない気がした。

ユウリの表情にその想いを汲み取ったらしく、隆聖が「なんといっても」と、いわくありげな説明をする。

「彼の作品の多くは、ほとんど人の目に触れることなく、この世界から消え去ったんだ」

「消え去った?」

「そう。特に明治以降、彼の作品が出たという話は、まったく聞かなくなったらしい。それでいつしか、その人物像とともに存在が伝説と化し、現在に至っては、そんな彫物師がいたことすら、人々の記憶から完全に消え去ってしまった。それだけに、『時阿弥』の名前を知っているのは、よっぽど古美術に造詣《ぞうけい》が深いか『時宗』に精通した人間ということになる。——かく言う俺も、この前、ユウリの口からその名前が出てくるまで知らなかった」

「だけど、どうして、作品は消え失せたんだろう。実際、こうして存在しているのに」

ユウリが疑問を口にすると、隆聖が口元で笑って教える。

「どうやら、『時阿弥』は、彫物師としての技術があまりに高すぎて、作品に魂が宿ってしまったらしい」

「魂が、宿った——？」

呟いたユウリがふと思ったのは、一昨日の夜の出来事だ。

京都の街中を暴れまわった炎の馬。

あれも、彼の作品であれば、魂が宿ったゆえのことだったのかもしれない。

それを裏づける形で、隆聖が付け足す。

「中でも特に、象牙彫りの根付がよく動き出したみたいだな」

アシュレイが、「なるほど」と反応する。

「象牙彫りね。——となると、技術もそうだが、動き出したのには、使われた素材も関係している可能性があるな」

「ああ、もしかして」とシモンが確認する。

「ピグマリオンですか?」

「そうだ」

ここに来て、シモンにもわかる西洋風の名前があがったが、わからなかったユウリが訊き返す。

「なんで、ピグマリオン?」

「それは、オウィディウスによれば、彼が恋した象牙の像は、女神アフロディテへの祈りが通じた結果、血肉を帯びたことになっているからだよ。つまり、象牙の像というのは魂が籠《こ》もりやすいということだね」

親切に教えてくれたシモンが、隆聖に視線を移して「だけど、そもそも」と尋ねる。

「伝説となっている彼の作品について、なぜ、隆聖さんがそこまで詳しいんですか?」

「なぜかって」

隆聖が、片手を翻《ひるがえ》して応じる。

「それは、幸徳井家の記録に残っているからだ」

「記録に?」

「そう。昨日、今日でいろいろと調べてわかったことだが、『時阿弥』の作品のほとんどが、かつて、幸徳井家の人間の手で封印され、蔵の奥深くにしまい込まれた」

「え？」

いちばん大きく反応したユウリが、煙るような漆黒の瞳をあげて、問い返す。

「本当に？」

「ああ」

シモンが、疑わしげに尋ねる。

「それなら、やはり実際に、彼の作品は魂を持ったということでしょうか？」

「魂を持ったといっても、ピグマリオンの話のように血肉を帯びたというよりは、むしろ付喪神《つくもがみ》になったと考えたほうがいいだろうが、とにかく、動いたのは確かなようだ。でなければ、幸徳井の人間が首を突っ込むことはない」

きっぱりと言い切った従兄弟に対し、ユウリが訊く。

「この箱に幸徳井家の封印があったということは、その印籠と十二支の根付も、同じように封印を施され、いったんは蔵にしまわれたってことだよね？」

「当然」

「だけど」

シモンが、不思議そうに尋ねる。

「それなら、どうして、これがロンドンのオークションに出たんでしょう？　今のお話からすると、これらは、この家の蔵にしまわれていないといけないはずですよね？」

「確かにそうだが――」

認めた隆聖が、苦々しげな顔になって続けた。

「ただ、幸徳井家といえども、長い歴史の中では常に安泰だったわけではない。特に、明治期の宗教政策では大打撃を受けていて、神道を国教とする明治政府の意向により、陰陽道も弾圧され、衰退の一途を辿った。そんな風潮に便乗し、その時期、幸徳井家が抱え込んでいた美術品や工芸品の類いがたくさん流失したと考えられている。――そのうちの一つが、この『非時宮』と呼ばれる一連の作品だ。資料によれば、京都の商家を通じて横浜の骨董商《こっとうしょう》のもとに運ばれ、その後の足取りはわからなくなっている。……まあ、そちらの言うとおりロンドンのオークションに出たのであれば、その頃に海外に渡ったと考えていいんだろうが」

「そのとおり」

アシュレイが、請け合った。

「明治期に横浜に来ていたジェームズ・ウッシャーの手に渡り、彼の帰国とともにイギリスに運ばれたんだよ」

「ということは」

シモンが、アシュレイに向かって確認する。

「イギリスに渡ったあと、これは、ずっと同じ家、つまりは、ウッシャー家に受け継がれてきたということですね？」

「ああ」

「でも、そうだとしたら、ウッシャー家の人たちは、よくぞこの百五十年近く、無事にすみましたね。幸徳井家が施した封印が功を奏したのでしょうか？」

「それはないだろう」

幸徳井家の後継ぎである隆聖が否定する。

「箱を開けた段階で封印は破られたわけだから、意味はなかったはずだ」

「だとすると、ウッシャー家の人間は、どうやって難を逃れたんでしょうね？」

ソファーに深く沈み込み、考えを巡らせる貴公子をチラッと見て、アシュレイが「お前は、勘違いしているようだが」と告げた。

「彼らは、決して難を逃れたわけではない」

「そうなんですか？」

「ああ。これを横浜で購入したジェームズ・ウッシャーは、その後、ケント州の自宅の書斎から消え失せたきり、百五十年近く、行方不明のままだからな」

「まさか——？」

シモンが身を乗り出し、ユウリもびっくりして訊き返す。

「それ、本当の話ですか？」

「こんなことで、俺が嘘《うそ》をつくとでも？」

「いえ――」

疑うわけではなかったが、驚きすぎると、人間確認したくなるものだ。

それがわかっていて、あえてユウリをジロリと睨《にら》みつけて苛《いじ》めるアシュレイに対し、シモンが「それなら」と続けた。

「そのジェームズ・ウッシャーという人も、『非時宮』にいるわけですね？」

「さあ。――それは、どうかな」

誰もが考える結論を、だが、アシュレイは曖昧《あいまい》にして笑う。

いったい、この男は、何をどこまで知っていて話しているのか。あるいは、何をどこまで推理しているのか。

相変わらず、食えない男である。

ユウリが、「じゃあ」と訊く。

「そもそも、『非時宮』というのは、なんなんですか？」

「それは、さっきから、お前の従兄弟がさんざん言っているだろう」

嫌味っぽく応じたアシュレイが、龍の根付を顎で指して言う。

「それだよ」

ユウリが、振り返って龍の根付を見る。

どうやら、ふり出しに戻ったようだ。

肩を落とすユウリを見て、隆聖が、その鼻先に根付を突き出した。

「なにを落ち込む必要がある、ユウリ。俺の説明はまだ終わってない。――いいか。魂を持ってしまうほどの出来栄えであった彼の作品の中でも、極めつきといわれるのが、『異界』をテーマにしたものなんだ」

「『異界』？」

「いわゆる『仕掛け』のあるものの一つで――」

そこで言葉を切った隆聖は、ユウリを見て「さすがに『仕掛け』はわかるな？」と確認する。

「うん。身体《からだ》の一部が動いたり、中が入れ子になっていたりするものだよね？」

「そのとおり。――ああ、そういえば、お前が持っていたニワトリもそうだったな。尻尾《しっぽ》のところに息を吹き込むと笛になる」

「そうそう」

頷いたユウリの前で身体を起こしたアシュレイが、底光りする青灰色の瞳でユウリをねめつけ、口を開いた。

「ニワトリ？」

「そうです。——話してませんっけ？」

「ああ、聞いてない」

「ほら、これですよ。ちょっと前にロンドンで買い物をしていた際、雑貨屋で見つけたんですけど」

ユウリがポケットから取り出したニワトリの根付を眺めたアシュレイが、考えに沈み込みながら訊く。

「それって、いつのことだ？」

「えっと、……あれは、いつだっけ？」

言いながら、無意識に視線を寄越したユウリに代わり、シモンが答えた。

「六月中旬ですよ。夏至の前だったから、よく覚えています」

ある意味、仲のよさをアピールするような発言に、アシュレイがバカにしたように嫌味で応じる。

「なるほど。いつも一緒というわけか。その調子だと、黍団子がいくつあっても足りなそうだな」

「ご心配なく。貴方と違い、僕とユウリの間に、釣るためのエサは必要ありませんから」

「へえ。——ま、考えてみれば、そばにいても、たいして役に立たないような奴に、褒美をやる必要もないか」

　異国において劣勢を強いられているシモンにピシッとやり返し、ユウリに向かってさらに尋ねた。

「で、当然、お前は、それを吹いたんだろうな？」

「はい。吹きました」

「――なるほど」

　納得したアシュレイが、「それが、合図だったのか」と謎めいた呟きを漏《も》らす。

その言葉にかぶるくらいのタイミングで、隆聖が先を続けた。

「『時阿弥』の仕掛けには、子供だましのようなものから一流の芸術品まで、さまざまなものがあったようだが、輪をかけて絶品なのが、さっきも言った『異界』をテーマにした作品たちだ。桃源郷。竜宮城。蓬萊《ほうらい》。――そして、これもそう」

　言いながら、隆聖が龍の根付を持った両手を左右逆に動かすと、なんと、丸みを帯びたそれが真ん中でパックリと二つに割れ、中から、驚くほど精緻《せいち》な彫刻で作られた異界が姿を現した。

「嘘――！」

# 3

驚きの声をあげたユウリが、マジマジと龍の根付を覗き込む。

二つに割れた根付の内側に繊細な技術で彫り出されているのは、宮殿と、その中で暮らす人々の姿である。細部を見るには虫眼鏡が必要なほどの、細かさだ。

鳥居《とりい》のような門のある入り口。

柱に支えられた建物。

鐘楼《しょうろう》やお堂などもあり、その間を人々が行き交う。

そこには、とても小さな、だが、生き生きとした完璧な世界が作りあげられている。

顔を近づけてじっくり眺めたユウリが、感嘆する。

「すごい……」

「確かに、すごいね」

一緒に覗き込んだシモンも、驚きを隠せないようである。

まさか、小さな根付の中に、こんな完璧な異世界が隠れていようとは、誰が想像できるだろう。

覗き込んだ姿勢で顔だけあげ、ユウリが隆聖に尋ねる。

「──これが？」

「そう。これこそが、お前の客人が飛ばされたと考えられる『非時宮《ときじくのみや》』だ」

非時宮──。

そこで、もう一度、根付の内部を覗き込むが、どんなに目を凝らしても、ダルトンの姿は見えない。

少々がっかりしながら、ユウリが確認する。

「……本当に、ダルトンはここに？」

「そのはずだ」

「根拠は？」

「記録によれば、制作者の『時阿弥』は、ある時、自分が作った『非時宮』に入り込んでしまい、以後は、『非時の時計』を使って、何度も往復したらしい」

「──そうなんですか？」

意外そうなシモンに、隆聖が顔をあげて「ああ」と頷きかける。

「その記録によると、『時阿弥』は、自分の作った『非時宮』に足を踏み入れたあと、『浦島太郎』の二の舞にならぬよう、不可思議な時計をもらって帰ってきたということだ。しかも、『時阿弥』の言葉として残されているのは、その時計というのは、あちらの世界で彼自身が作ったものだそうで、以来、『非時宮』に行く際は、その時計を逆まわしにすることで、彼が向こうで費やした時間を相殺し、戻ってきた時に、年を取りすぎていたということがないようにしたようだな。――まさに、『非時の時計』ということだ」

「でも、そんなこと、できるの？」

ユウリの単純な問いかけに、隆聖は肩をすくめて応じる。

「さあ。できるかどうかは知らないが、そういう話が残っているのは事実だ。そして、もちろん、その時計というのが――」

そこで、皆の目が、いっせいにテーブルの上にある印籠に向けられた。

シモンが、言う。

「この時計ですね」

「ああ」

すると、ソファーにふんぞり返るように座り足を組み替えたアシュレイが、「なるほど」と納得したように口を開いた。

「それで、虎が鍵《かぎ》を持っていた理由がわかった」

「……虎が鍵？」

訊き返した隆聖に、アシュレイが無造作に顎で印籠を示してみせる。

「その虎にもきちんと仕掛けがあって、中に鍵が入っているんだよ。だが、それは鍵のようでいて鍵ではない」

ユウリが問う。

「じゃあ、なんなんですか？」

「ネジだよ」

「ネジ？」

鸚鵡《おうむ》返しに問い返され、物わかりの悪さを咎《とが》めるように顔をしかめたアシュレイが、説明を加える。

「時計を動かすためのネジだ。――いいか。その印籠は長らくウッシャー家の屋根裏にしまわれていて、当然、時計も止まったままだった。おそらく、それとセットになっていた十二支の根付は、『非時宮』と『非時の時計』ありきで作られたものだから、その時計が止まると、彼らの活動も停止したはずだ。だから、ジェームズ以外、ウッシャー家の人間が被害に遭うことはなかった。だが、夢で、ご先祖様にせっつかれた現ウッシャー家の当主が虎の根付に仕込まれた鍵の存在を知り、時計のネジを巻いて時間を動かしてしまう。それで、根付の動きも活性化したんだろうが、問題なのは、本来、時間を動かすのは、虎の仕事ではないということなんだ。十二支の中で時を動かすのは――」

「ネズミだな」

隆聖の言葉に、アシュレイがビシッと指を鳴らして応じる。

「そのとおり」

だが、そう聞いてもピンと来ないユウリが、シモンと顔を見合わせてから訊く。

「なぜですか？」

アシュレイが、呆れたように言う。

「だから、ユウリ。たまには、その腐りきった脳味噌《のうみそ》を使わないと、それこそネジを巻いたくらいじゃ足りなくなるぞ」

「使っていますよ、少しは」

「それなら、考えてみろ。——ネズミの方位は？」

「方位？」

ユウリは、基本に忠実に指を折って数え始める。

「えっと、子《ね》、丑《うし》……」

だが、当然、すぐに行き過ぎてしまったため、二つまであげたところでやめた。

「そっか。最初に出てくるわけだから、十二時の方位、つまり北ですか？」

「ご名答。一日が終わって、最初に戻るのが子——つまり、ネズミだ。ゆえにネズミは時を司ると考えられている。ちなみに、『子』の字を分解すると、終わりを表す「了」と始めを示す「一」になり、その中で円環が成立する字なんだよ」

指で手の平に書いたユウリが、「本当だ」と驚く。

「——深い！」

そのそばで、隆聖は、蘊蓄《うんちく》そのものにはたいして驚きはしなかったが、そのことを知っているアシュレイの知識量に対し、少なからず驚きを覚えていた。

（なるほど――）

これほど禍々《まがまが》しい気を放つ人間であるのに、ユウリが、なかなかそばを離れようとしない理由がよくわかった。コリン・アシュレイは、傲岸不遜《ごうがんふそん》で人の神経を逆撫でする嫌味な人間であるが、それ以上に人を魅了してやまないカリスマ性を持っているのだ。

だが、実際のところ、アシュレイの実力はこんなものではない。

そのことを、隆聖はすぐに思い知る。

口元に皮肉げな笑みを浮かべる隆聖の前で、アシュレイが「ところが」と続けた。

「実際に時計を動かすネジを持っていたのは、虎だった。その場合、ネズミの役割は、なんなのか？」

疑問形であるが、答えなど持っていないユウリが、あっさり訊き返す。

「なんですか？」

「影だよ」

「影？」

「あるいは、死者の時間の管理だ」

「なるほど……」

一緒に話を聞いている隆聖が、頷いて補足する。

「虎は木気の始まりで、すべてを動かす力を持つ。その虎が時を動かすのなら、ネズミのほうは、逆に、それを無に帰すという理論だな」

「そういうこと。虎が表に出る時は、ネズミは影を支配する。『子』が『根』に通じるせいもあるのだろう。『根』は地下に属するもので、よって、『根』に通じる『子』が地下＝死者の世界を支配する役割を担うのは理に適っている」

口元に拳《こぶし》を当てて考えていたシモンが、「ということは」と人差し指を立てて口をはさんだ。

「この場合、死者の時間に相当するのが、時計を逆まわしにする行為であるわけですね？」

「ああ」

頷いたアシュレイが、「それに、もとより」と続ける。

「時を支配する鍵は、二本あって正解だったんだ」

「そうなんですか？」

「なぜなら、時計を支配しているのは、この印籠に描かれた男、逆サイドに小槌《こづち》が転がっているから大国主《おおくにぬし》＝大黒天《だいこくてん》と考えがちだが、彼は小槌を手放し、腕に蛇《へび》を巻いている。これは、大黒天が、インドにおける『マハーカーラ』を通じ、時の支配者であるアイオーンになったためだ。『マハーカーラ』の『マハー』は『大きい』を、『カーラ』は『黒』、あるいは『時』を示す言葉で、その神の性質は破壊神、言うなれば、すべてを無に戻す役割を担《にな》う。時を無にするのは、時を最初の状態に戻すネズミの役割と同じで、そこから、時の支配者という認識に繋がるわけだ。そして、アイオーンのアイテムは、これには欠けているがライオンの頭と、蛇や時の扉を開くための二本の鍵と相場は決まっている」

「アイオーン？」

シモンが、話を聞きながら手を伸ばして印籠を取りあげた。その横で、身体を伸ばしたユウリも覗き込み、シモンとアシュレイの会話を聞く。

「言われてみれば、そうですね。ただ、鍵を束ねる輪は持っていても、そこに鍵がついていないのは、虎とネズミが隠し持っているせいだったということですね？」

「そういうこったな」

「だけど、そこまで考えて作られたということは、『時阿弥』という人は、恐るべき知識の持ち主であったことになりませんか？」

シモンの指摘を、アシュレイが認める。

「その点は、こいつの従兄弟がさっき話したとおり、全般謎めいた彼の人生を思えば、頷けないこともない。それに、彼の生きた時代は、すでに西洋の秘密結社の人間が上陸していた頃だから、その手の知識を仕入れる場所を持っていた可能性は十分にあるだろう。なんにせよ、『時阿弥』は、その時計を使って無理なく異界とこの世を往復し、彼の死後は、しばらく幸徳井のもとに収められていたが、その後、これを手に入れたジェームズ・ウッシャーが、時計に隠された謎を解き、自分も『非時宮』へ赴いたんだ。ところが、なんらかの手違いで、戻ってくる前に現実の時間が動き出してしまい、時の狭間に取り残されてしまったと推測できる」

「なんらかの手違い？」

煙るような漆黒の瞳を伏せて呟いたユウリに、アシュレイが答える。

「考えられる原因として、誰かが、そうとは知らずに、虎の持つネジで時計を動かしたということだな。そうならないためにも、本来は、虎も一緒に持っていく必要があったんだろう。だが、印籠のそばに忘れていったために、悲劇は起きた」

「確かに、それだと辻褄《つじつま》は合いますね」

納得するシモンに、アシュレイはさらに告げた。

「それに、そう考えると、こいつに呼び寄せられて」

言いながら、ユウリを顎で示す。

「歪みを正すための道具がこれだけ出揃ったというのに、肝心のネズミが出てこない理由も説明できる」

「理由……」

知的な水色の瞳でユウリをとらえつつ、シモンが慎重に応じる。

「それは、もしかして、時計を逆まわしにするのに必要なネズミの根付は、百五十年近く前に行方不明になったジェームズ・ウッシャーが持っているということですか？」

「そうだ」

断言し、会心の笑みを浮かべたアシュレイが、ユウリのほうに人差し指を向け、意気揚々と告げる。

「つまり、ダルトンを助けたければ、お前は、まずそのネズミが持つ鍵を手に入れ、それから『非時宮』に行く必要があるわけだ」

「え？」

突然、話を振られたユウリが、キョトンとしてアシュレイを見る。

まるで、ちょっとピクニックにでも行くような口調でなされた提案に、シモンと隆聖が目を合わせ、深く溜め息をついた。

「非時宮」に行く必要がある――。

シモンも隆聖も、アシュレイのペースに乗せられるのはまったく意に染まないが、恐ろしいことに、指摘された内容は見事に正鵠《せいこく》を射ているため、結局、言われたことをやらざるをえない。まんまと丸め込まれるのは屈辱以外のなにものでもないのに、反論できないのがつらいところだ。

毎度のことで慣れているシモンですら憤りを覚えるのだから、隆聖が内心で抱いている憤懣《ふんまん》はいかほどであろう。

だが、さすが厳しい修行を積んできた隆聖は、顔の筋一つ動かさず、冷静に要点を吟味する。

一人、驚きから回復したユウリは、振り回されていることなどまったく意に介さず、むしろ、ダルトン救出に道筋ができたことで希望を燃やしながら訊いた。

「やるべきことはわかりましたが、アシュレイ。いったいどうやって、百五十年も前に行方不明になった人を見つけたらいいいんですか？」

「さあねえ」

煽《あお》った割に、アシュレイは、無責任に肩をすくめた。それは、とても珍しいことであったが、狡賢い彼のことであれば、わからないとするのも、案外、計画の内なのかもしれない。

そんなことを思わせる口調で、彼は続ける。

「ことわざにもあるだろう。郷《ホエン》に入《イン》っては郷《ローマ》に従えってね。ここに、その道のプロがいるのに、なんで、俺がわざわざ考えてやらないといけないんだ？」

言いながら、底光りする青灰色の瞳で隆聖をとらえ、あざけるように「それとも」と挑発する。

「千年続くという陰陽道宗家の看板は、伊達《だて》か？」

明らかに、一方的に挑戦状を叩《たた》きつけられた形だったが、表情を変えずに顔をあげた隆聖は、威厳のある声で応じた。

「いいだろう。もとより、ユウリの客人なら幸徳井の客人も同然だからな。こちらの主導で呼び戻すことにする」

# 4

「ということで、せっかくニワトリがいるんだ、それを使わない手はない」

これからどうするのかと、皆の注意が向けられる中、隆聖がさらりと言ったことに対し、ユウリが不思議そうに「ニワトリ？」と訊き返した。

なぜ、ここでニワトリなのか。

ニワトリが、人捜しに役立つなどという俗信があっただろうか。

考え込むユウリに、隆聖が言う。

「百五十年前に行方不明になったという男がいるのは、おそらく水の上だろう」

「なんで、そう思うの？」

ユウリの問いかけに、隆聖は印籠を取って裏返して見せた。そこには、咲き誇る草花の下、緩やかな水流の上を漂う鼈甲《べっこう》の小舟が象嵌《ぞうがん》されている。

「これを見れば明らかだが、異界との橋渡しは、舟でなされるのが常だ」

「ああ、そうか……」

「つまり、『非時宮《ときじくのみや》』を出たものの、なんらかの手違いで、この世界に辿り着けずにいるのならば、そいつは水の上で百五十年もの歳月を彷徨《さまよ》っていることになる。――となると、それはもう水死者と同等で、そうであるなら、ニワトリが彼を呼び寄せることができるはずなんだな」

「そうなんだ？」

「ああ。知らないか？　――昔からの俗信で、ニワトリを乗せて舟を出すと、水死者の上で鳴くとか、水死者が浮かび上がってくると言い伝えられてきた」

そんな俗信があるとは知らなかったユウリが、「ふうん」と言ってから首を傾げた。まだ完全には納得できていないようである。

シモンとアシュレイは、そんな従兄弟同士のやり取りを、それぞれの立場から、もの珍しげに眺めていた。

二人にとって、隆聖の前にいるユウリが、ヨーロッパにいる時とはどこか違った瑞々《みずみず》しさを帯びているのが興味深い。やはり、日本人の血を引くユウリには、日本の水が肌に合うのかもしれない。

それと、もう一つ。

幼い頃に刷り込まれた記憶というのは成長しても消えないようで、どんなに離れていても、隆聖の存在は、即座にユウリの中に浸透するようだった。

「でも、隆聖」

ユウリが、言う。

「舟を出すにしても、その人がいるのは、この世の水の上ではないんだよね？」

「ああ」

「なら、隆聖は、どこに舟を出すつもり？」

「確かに、本来ならその水死者が亡くなった場所に出すものだが、お前が言うように、それが不可能なら、呪術的《じゅじゅつてき》な見立てによって、類似する場所に出すしかないだろう。こいつの場合は、そうだな……」

考えながら印籠を見つめていた隆聖が、ややあって決断する。

「まあ、お前の能力をもってすれば、裏の亀池《かめいけ》で十分か」

「え？」

拍子抜けしたように、ユウリが尋ね返す。

「亀池って、あの亀池？」

その際、親指で背後を示したのは、それくらい近いということなのだろう。第一、説明する際、隆聖がわざわざ「裏の」とつけたからには、この家の敷地内にある池だからに決まっている。

隆聖が頷く。

「ああ、そうだ」

「昔、よく遊んだ？」

「そうだよ」

幼少期の彼らを思わせる会話のあと、ユウリがようやく「亀池ねえ」と飲みこんだ。

その池には、北端に亀の形をした石があり、さらに多くの亀が生息しているため、そう呼ばれているが、別に正式名称ではない。もとより、個人宅であれば、正式名称もなにもないだろう。それに、かなりの面積を持つ池には、鯉《こい》も泳いでいるので、「鯉の池」と呼んでいる人間も、一人くらいはいるかもしれない。

ただ、北端にある亀石にはそれなりの由来があり、記録によれば、かつて日照りが続いた時、その石を叩いたら水が湧《わ》き出たということで、祀《まつ》られるようになったらしい。

つまり、石があって、池がある。亀石ありきの池なのだ。

そういう意味では、やはり「亀池」と呼ぶのがふさわしいのだろう。

隆聖が、チラッとユウリを見て言う。

「お前、今、亀池をバカにしたな？」

「してないよ」

慌てて言うが、どうやら信じてもらえなかったようだ。

そこで、ユウリが訊き返す。

「だけど、なんで亀池なわけ？　だいたい、あそこに、舟を浮かべられる？」

広さはあるが、深さはそれほどあるわけではない。それでも、水に入れば膝《ひざ》くらいまではつかるので、小舟なら、浮かべようと思えば浮かべられるのか。

上を向いて考えていたユウリに、隆聖が言う。

「あそこなら、わざわざ舟を浮かべずとも、それに相当するものがあるだろう」

「え？」

顔を戻したユウリが、訊く。

「相当するもの？」

「ああ。亀石だよ。あれが、舟の代わりをしてくれる」

「なんで。――あ、そうか。浦島太郎みたいに？」

誰もが知っている有名な昔話を引き合いに出したが、呆れたようにユウリを見おろした隆聖が、「浦島太郎は」と訂正する。

「舟に乗って、竜宮城に行ったんだよ。亀は、あくまでも先導したに過ぎない」

「え、そうだっけ？」

そこで、小声で浦島太郎の童謡を口ずさんだユウリが、「カメに連れられて〜」と歌ったところで、「あ、ホントだ」と納得する。

「カメに乗ってなんて、一言も言ってない」

小さく天を仰いだ隆聖が、「いいから、ユウリ」と話を進める。

「これを、よく見ろ」

印籠を取りあげ、ユウリの前に突きつけて続ける。

「その舟は、なんでできている？」

「……えっと、鼈甲？」

呟いたユウリが、すぐに気がついて「あ」と声をあげた。

「鼈甲か！」

「そう。鼈甲といえば、亀。この舟が、時計を逆まわしにした人間を『非時宮』に運ぶ役割を担うのであれば、亀に乗っていくのも同然なんだ。もちろん、作った人間もそれを意識したんだろう」

「……すごい」

感心したユウリが、「でも」と小声で口答えした。

「結局、作った人も、浦島太郎を意識していたわけだよね？」

すると、ユウリの首根っこをガシッと摑《つか》んだ隆聖が、「つまらないことを言っているヒマがあったら」とドアのほうに押しやる。

「とっとと準備をして、取りかかれ。やることは、たくさんあるんだ」

ユウリを連れ出しながら、隆聖が背後の人間に向かって言う。

「ああ、お二人には部屋と食事を用意させるので、寛いで――」

だが、最後まで言わせず、アシュレイが「言っておくが」と高飛車に告げた。

「フランスのお貴族サマはともかく、この俺を蚊帳《かや》の外に置く気なら、悪いが、今すぐ『非時宮』を持って帰らせてもらうからな」

「そんな、アシュレイ！」

足を止めて振り返ったユウリに続き、その場で立ち止まった隆聖が、鋼《はがね》のような視線をアシュレイに向けた。

「そんなこと言って、キース・ダルトンが助からなくてもいいのか？」

「ああ。別に、どうでもいいね。悪いが、あの男がどうなろうと、俺の知ったこっちゃない」

あっさり言い捨てたアシュレイが、「それより」と唯我独尊《ゆいがどくそん》の極致ともいえる発言を付け足した。

「重要なのは、ただ一つ。俺が楽しめるかどうかだ。楽しめないのであれば、ここに居残る必要はないわけで、無駄足《むだあし》を踏んだツケは、そのうち、そいつに支払わせるさ」

そいつとは、もちろん、ユウリのことだ。

眉をひそめた隆聖が、言う。

「さっきから聞いている限り、どうにもこうにも薄情な男のようだな。だが、キース・ダルトンは、ユウリのパブリックスクール時代の先輩だと聞いているぞ。ということは、そちらにとっても先輩だろうに」

「その通り」

一応は認めるが、そこはアシュレイというべき身勝手さで「ただし」と言い放つ。

「先輩だから助けなければいけないという法はない。まあ、後日、俺の気が向いたら、助けてやるよ。その際は、ユウリが、いくらでも協力するし。——なあ、ユウリ?」

本人の了承なく協力を取りつけ、悪辣な笑みを浮かべたアシュレイは、まさに計算高い悪魔そのものだった。

しばらく、そんな傲慢《ごうまん》な男を睨んでいた隆聖だったが、ややあって、何を言っても無駄と悟ったのか、ユウリを押して歩き出す。

「まあ、好きにしろ。だが、こちらの邪魔だけはしてくれるな」

そこで、彼らは、ぞろぞろとこぞって部屋をあとにした。

応接間で話しているうちに、夏の日はすっかり暮れていた。

夕方から吹き始めた風が、昼間の熱気を和らげてくれたようで、外は思ったほど暑くない。

5

それでも、緑に囲まれた敷地内では、まだ蟬《せみ》がうるさいほど鳴いていた。

草木の生い茂る自然豊かな亀池にやってきた四人は、邪魔にならない距離を保ったところで、シモンとアシュレイが水際に立ち、隆聖とユウリの二人が、池に突き出た亀石の上にのぼる。

亀石は、子供二人なら余裕で乗れる大きさだが、さすがに大人二人となると、少し厳しいものがあった。そこで、隆聖は、片足を乗せるくらいの場所に陣取って、ユウリのことを背後から見守る態勢を取る。

「いいか、ユウリ。相手がこの世に未練がある場合、それが、執念となって、お前を向こう側に引きずり込もうとするかもしれない。安易に手を出さず、慎重にやれ。それと、池に投げ入れるのは、牛だからな。それが、魂を本来あるべきところに導く。──くれぐれも、間違えるな」

「わかった」

両手にそれぞれ、ニワトリの根付と牛の根付を持ったユウリが、手の中のものを確認しながら頷く。

その際、ふと気づいたように顔をあげ、「ああ、でも」と申告した。

「投げるといっても、この牛の根付、二千万円近い値段でアシュレイが落札したんだった。それなのに、許可も得ずに、池に投げちゃっていいのかな？」

心配するユウリに、隆聖が口元を歪めて応じる。

「気にするな。あれだけの大口をきいたからには、それくらいでガタガタ言ってもらっては困る」

「……でも」

なんと言われようと、ユウリにしてみれば、二千万円は大金だ。それを、池に投げ捨てるには勇気がいる。

なおも逡巡《しゅんじゅん》する従兄弟の耳元に、「いいから、ユウリ」と、隆聖が囁《ささや》きかけた。

「余計なことは考えず、お前は、目の前のことに集中しろ」

それから、古都京都に千年続く陰陽道宗家の後継者の顔になって、ユウリの頭や肩に手《しゅ》刀《とう》で触れながら唱えた。

「祓《はら》いたまえ、清めたまえ、六根清浄《ろっこんしょうじょう》」

心に直に触れるような声。

そこでユウリは、目を瞑《つむ》り、頭の中からいっさいの邪念を追いやった。身体の隅々まで浸透していく清めの言葉に促され、一度大きく深呼吸すると、先に打ち合わせておいた言葉を紡ぎ出す。

「八百万《やおよろず》の神から諸仏、星神、諸々《もろもろ》の御方に希《こいねが》う。木《もく》、火《か》、土《ど》、金《ごん》、水《すい》の理《ことわり》を通じて、我の願いを聞き入れたまえ」

すると、それに呼応するようにユウリのまわりで風が立ち、フワリと黒絹のような髪を揺らした。

続いて、ユウリが請願《せいがん》を述べる。

「亀の舟に乗りゆきて、時の河に沈み込んだ魂を、西方金気《せいほうきんき》を司る酉《とり》の呪力により、ここにまいらせたまえ。また、かの者が持ち去りし死者の時間を動かす鍵を、この手に預けたまえ。それら、急ぎ急ぐこと律令《りつりょう》のごとくせよ！」

言い終わると、右手に持っていたニワトリの根付を口元に運んで、ピーッと一度だけ吹き鳴らした。

その小さな音が、暗い池の上に行きわたるのを聞き届け、最後に、請願の成就を神に祈る。

「木火土金水《きひづかみ》の神霊《かむみたま》・厳《いづ》の御霊《みたま》を幸《さきわ》えたまえ！」

しばらくは、何も起こらなかった。

静まり返る夜の庭。

だが、ややあって、特に強い風も吹いていないのに、暗い水面にさざ波が起こり、それが、徐々に亀石のほうに近づいてくる。

ザザザザザザ。

ザザザザザ。

夜を震わせる凶々《まがまが》しさ――。

ユウリの身体に緊張が走る。

(これは、あまりいい霊ではないかもしれない……)

本来のジェームズ・ウッシャーがどんな人柄であったかはわからないが、百五十年という歳月を、一人、時に置き去りにされて過ごした魂は、その輝きを失い、凝り固まった残留思念と化しているのだろう。

それが、暗い水を通じて、ひしひしと伝わってくる。

離れた場所では、水の音を耳にしたアシュレイとシモンが、その場で伸びあがり、気がかりそうに様子を窺《うかが》う。

そんな中。

ついに、最初のさざ波が亀石に到達した。

水面を見つめるユウリが、ゴクリと喉《のど》を鳴らす。

と——。

ふいに、ガシッと。

水の中から伸びた手が、亀石を摑んだ。

驚いたユウリが、思わず一歩さがる。

すると、さらにもう片方の手が伸びて、ユウリのほうに差し出される。

一度は後ろにさがったユウリが、改めて死者と対峙《たいじ》する。よく見れば、ユウリのほうに伸ばされた手には、小さい何かが握られていた。

どうやら、それこそが、彼らが求めるネズミの根付のようだ。ユウリの請願に応え、死者が渡しにきたのだろう。

ニワトリの根付をポケットにしまったユウリが、手を伸ばして受け取ろうとすると、背後で隆聖が短く言った。

「気をつけろ」

その言葉が終わるか終わらないかというちに、ユウリの手に根付を預けた死者が、その手でガシッとユウリの手首を摑んだ。

この時、もし、ユウリが左手を出していれば、難《グナ》を逃れたはずである。なぜなら、そこには、ユウリが月にいた時に女神からもらった三色の腕輪があり、ユウリを危険から守ってくれるはずだからだ。

だが、残念ながら、ユウリが差し出したのは、左手ではなく右手だった。

そのため、死者に手を摑まれたユウリは、そのままバランスを崩して池の中に落下してしまう。

ザバンッと。

派手な音が、あたりに響く。

ただし、その一瞬前――。

ユウリが手首を摑まれたその瞬間に、背後にいた隆聖が動き、死霊を祓う呪歌《じゅか》を口にしていた。

「死霊を切りて放てよ、梓弓《あずさゆみ》。引き取りたまえ、経の文字」

それから、「急々如律令《きゅうきゅうにょりつりょう》!」と鋭く唱えながら手刀で斜めに宙を切り、ユウリの手首を摑む死霊に突きつけた。

とたん。

はじかれたように、死霊がユウリから引きはがされ、水の底へと沈み込む。

それとほぼ時を同じくして、池に落ちながら、ユウリは左手に握っていた牛の根付を投げあげ、わずかな時間で必要最低限の請願を唱えていた。

「時の河より浮かび上がりし魂を、あるべき場所へと連れていけ。急々如律令!」

言い終わった時には水の中にいて、ユウリは頭から水浸しになっていた。

一連のことが、とても短い間になされたので、傍目《はため》には、ただただユウリが落ちたようにしか見えなかった。

それに驚いたのは、シモンとアシュレイだ。

特に、シモンは、「ユウリ！」と叫ぶと、慌《あわ》てて池に踏み込み、ザバザバと音をたてて近づき、水の中にいるユウリを助け起こす。

「大丈夫かい、ユウリ？」

「うん、平気」

幸い、シモンが歩いてこられるくらい浅い池であるので、あちこち打ったくらいで、大きな怪我はないようだ。しかも、ユウリにはそれ以上に気になることがあり、シモンに助け起こされながら、首を巡らせて暗い池を見まわす。

「それより、ウッシャーの霊は……」

ユウリの口から、その呟きが漏れた時だ。

池の真ん中あたりで、突如、ザザッと水しぶきのあがる音がしたかと思うと、そこに大きな牛が現れた。その牛は、背中に襤褸《ぼろ》をまとった骸骨《がいこつ》を乗せて、ゆっくりと向こう岸へと歩いていく。

ザザ。

ザザ。

牛が進むたび、水が揺れてさざ波が起こる。

「あれは……」

同じものを見て、呆然《ぼうぜん》と呟いたシモンに、ユウリが答える。

「根付が化身したものだよ。時の河を渡る牛で、星間で彦星《ひこぼし》が引いている牛でもある。それが、行方不明になっていたジェームズ・ウッシャーの魂を運んでいるんだ」

百五十年の歳月を経て、時の河の底からようやく浮かび上がることができた魂は、今、牛の背に揺られてゆっくりと魂の落ち着く場所に戻ろうとしている。

のっし、のっし。

のっし、のっし、と――。

やがて、四人が見ている前で向こう岸まで辿り着いた牛が、大地に乗りあがり、さらに歩き続けて、ついには夜の暗がりに溶け込んで消えた。

静寂が、あたりを包み込む。

すると、それまで意識の外にあった蟬の声が、彼らの耳に届くようになった。

そうなって、ようやく――。

「こっちは、終わったな」

亀石の上で呟いた隆聖が、水の中のユウリを情けなさそうに見おろして、言う。

「だから、油断するなと言っただろう」

「──ごめん」

反抗するでもなく素直に謝るユウリに、一緒にいるシモンのほうが憤りを覚える。いったいユウリをなんだと思っているのか。

だが、こんなことはよくあるらしく、隆聖が、「で？」と淡々と続けた。

「ネズミの根付は？」

「大丈夫。それだけは死守したから」

おそらく、それさえ持っていなければ、いくらユウリでも、あそこまで無様な落ち方はしなかっただろう。

頷いた隆聖が、そこに至ってやっと誉めてくれた。

「彷徨っていた魂も成仏したようだし、よくやったな、ユウリ」

シモンとしては、そんな言葉ですませてほしくなかったが、アシュレイを相手にしている時と違い、二人の間には、シモンですら踏み込めない血縁同士の絆《きずな》を感じたため、文句は言わずに胸中に留《とど》めた。

ただ、隆聖を見あげた水色の瞳の中に、それなりの憤懣が過《よぎ》ったのだろう。目の合った隆聖に苦笑され、シモンは肩をすくめて視線を逸《そ》らした。

亀石の上で、踵《きびす》を返した隆聖が告げる。

「さて。まだまだ、ゆっくりしているヒマはないぞ、ユウリ。客人を助けたいなら、とっととシャワーを浴びて、次に移れ」

「――わかった」

頷いて歩き出そうとしたユウリは、そこで初めて気づいたように、ずぶ濡れになっているシモンを見あげる。ただ、同じ濡れ鼠《ねずみ》でも、シモンの場合、あくまでも高雅で色気もあって、まさに水も滴るいい男だ。

この違いは、なんなのか。

濡れそぼった前髪をかきあげながら、ユウリが謝る。

「そういえば、ごめん、シモン。シモンまで濡れる必要はなかったのに、巻き添えにしてしまったね。――早く、シャワーを浴びて着替えたほうがいいよ。夏風邪もバカにできないから」

それに対し、小さく溜め息をついたシモンが、「どっちが」と言って、ユウリの肩を抱き寄せると、先に押しやるようにして池からあがった。

そのまま目の前を通り過ぎようとしたシモンに、水際で高みの見物を決め込んでいたアシュレイが言う。

「さすがは、お供だな。黍団子一つくらいの働きはするらしい」

「褒めていただいて、光栄ですよ」

つまらなそうに受けたシモンが、同じ口調で返す。

「そちらこそ、投資分の利益があがっていればいいですけど」

暗に、水中に没した牛の根付のことを当てつけたのだが、揶揄《やゆ》するように口元を歪めたアシュレイは、まったく応えていないかのように言った。

「なに、これくらいの損失は、すぐに補塡《ほてん》できる」

その意味するところを考え、水色の瞳でチラッとアシュレイを見たシモンだったが、今は相手をするのも面倒だったので、聞き流すことにした。

なんといっても、ことは、まだ終わっていない。——というより、むしろ、これからが本番である。

そこで、三人は、足早に母屋のほうに戻って行った。

# 6

（ここは、いったいなんなんだろう……？）

見知らぬ土地を歩きながら、ダルトンはもの珍しそうにあたりを見まわす。

見たことも、聞いたこともないような場所だ。

もちろん、言葉だってわからない。

ただ、妙に懐かしい。

気候は穏やかで、まわりにいる人々はみんな、ニコニコしていて幸せそうだ。そのせいかどうか、この場所にいるだけで、ダルトンも幸福感に満たされていく。

（たぶん、日本なんだろうけど）

それにしても、ついさっきまで、国際会議場の無機的な控え室にいたはずなのに、気づいたらこんな場所に来ていた。

（なんで、こんなことになったんだっけか？）

考えてはみるが、思い出せない。

途中の記憶が、白い靄《もや》がかかったようにすっぽりと抜け落ちている。

記憶がないことは、彼をどこか頼りない気持ちにさせるが、自分の名前も、どこの人間でどんな生活をしていたかも、はっきり覚えているので、ひとまずよけいなことは考えないことにした。

それに、そんな憂鬱《ゆううつ》さを押しやってしまうほど、この場所は人を幸せな気分にさせてくれる。

大きな鳥居をくぐり、市場のように人で溢《あふ》れている広場を通り抜け、ダルトンはひたすら歩き続けた。

しばらくして、ちょっとお腹《なか》がすいてきたので、まずは手にしていたコンビニのおにぎりをたいらげた。

喉も渇いたので、できれば、飲み物が欲しい。

一緒に買ったお茶を持っていればよかったのだが、控え室のテーブルに置き忘れてきたので、諦める。

そこで、ダルトンは、コンビニを求めて、キョロキョロとあたりを見まわした。

と、その時。

「ダルトン！」

人混みで名前を呼ばれ、振り返る。

そこに、煙るような漆黒の瞳と黒絹のような髪を持つ、彼が贔屓《ひいき》にしている後輩が立っていた。

ダルトンは、知った顔に出会えて、いささかホッとする。

「やあ、ユウリ。会えてよかった」

異国を旅するのに臆する性格はしていないが、さすがに自分がどこにいるのかわからないとあっては、彼とて不安を覚えた。それでも、この場所に漂う幸福感に酔いしれて、今まで普通にしていられたのだが、こうして懐かしい顔を見たとたん、やはり、自分は少し怖かったのだと実感した。

ユウリが、心底安堵《あんど》したように言う。

「本当に、会えてよかったです」

「俺としたことが、どうやら、迷ったらしくてね」

「わかっていますよ。だから、もう僕のそばを離れないでください」

受け取りようによっては愛の告白とも言えそうな台詞だ。その上、いつもより若干毅《じゃっかんき》然《ぜん》とした態度で、ユウリがグッとダルトンの腕をつかむ。日頃、不埒《ふらち》な先輩を警戒し、安易に距離をつめない彼にしては珍しいことである。

摑まれた腕を見おろしながら、ダルトンが妖艶《ようえん》な笑みを浮かべた。

「なんだ、ユウリ。そんなに俺が恋しかった?」

とたん、純情可憐ないつもの後輩らしく、軽く眉尻をさげて困った顔をする。それでも、摑んだ腕だけは放さず、ユウリは応じた。

「というより、すごく捜《さが》しました。だから、おとなしく一緒に来てください」

「それはいいけど、何をそんなに慌てているんだ?」

「急がないと、また見失ってしまうかもしれないんです」

「見失う?」

ユウリに引っ張られるようにして歩きながら、ダルトンがクスリと笑う。いつにもまして、不思議なことを言っていると思ったのだ。

実際、ダルトンにとって、この後輩は、まるまる興味の対象だった。

とにかく、意表をつかれる。

言動もそうだが、それ以上に、彼と一緒にいると予想外のことが起きやすく、それが刹《せつ》那《な》を楽しむ「快楽主義者《エピキュリアン》」である彼の趣向に合っていた。

日頃、人の言いなりになるのを好まないダルトンであるが、こうして訳もわからず引っぱりまわされても構わないと思えるのは、そんなユウリが相手だからこそだ。

謎めいた後輩は、いったい、今、何を焦り、何を急いでいるのか——。

そして、実際、ユウリは焦っていた。

亀池の一件のあと、シモンと一緒にシャワーを浴び、着替えて戻ったところで休む間もなく、待機していた隆聖の指示を受け、「非時宮《ときじくのみや》」への道をひらく作業に取り掛かった。

祓いの呪文で禊を済ませ、手に入れたばかりのネズミの根付に対し、五行の理を通じて

「非時宮」への扉をひらくよう請願する。成就の詞を唱え、最後に「急々如律令」と命じながらネジを巻くうち、徐々にあたりが白くぼやけ始め、気づくと、ユウリは霞の中を進む小舟の上にいた。

もちろん、その場にいたはずの隆聖やシモン、アシュレイの姿は消えてなくなり、たった一人で、此方と彼方の狭間の空間に放り出されていたのだ。

それは同時に、現実の世界で、隆聖やシモンの前から、ユウリの姿が忽然と消えたということでもあった。てっきり、その場に、扉なり舟なりが現れるものと想像していた彼らは、完全に意表をつかれる。

ユウリの姿が見えなくなった瞬間、ハッとして水色の瞳を揺らしたシモンは、手遅れと知りつつ本能的に身を乗り出していた。

ユウリがあちら側に渡ることへの不安は、今もって、シモンの心をきつく締め付ける。それに、そもそも、こんな風に消えてしまったユウリが、きちんと戻って来られる保証は、いったいどこにあるというのか。

壁に寄りかかって眺めていたアシュレイも、その一瞬、わずかに青灰色の瞳を細めて不満げな表情になる。彼の場合、あちら側に渡る際、当然己も一緒に行くつもりでいたゆえの後悔だろう。

友人の身を案ずるシモンが、その場を取り仕切っている隆聖に厳しい視線を流すが、東洋的で涼しげな横顔には、なんの感情も現れていなかった。

ユウリを異空間に追いやって尚、心配する素振りすら見せないポーカーフェイス。

焦れたシモンが、問いつめる。

「隆聖さん、これはいったい?」

それに対し、チラッとシモンに鋭い視線を流した隆聖が、応じる。

「どうもこうも、向こうに渡ったんだろう。それ以外に、あいつが消える理由はない。そのための、儀式であるわけだし」

「……ですが、そんな悠長なことを言って、もし、これでユウリまで戻って来られなくなったら、どうなさるおつもりですか?」

「心配せずとも、あいつなら戻れる。これくらい訳ないことだ」

そこにある絶対的な自信。

血の繋がった従兄弟ゆえの信頼感なのか。

あるいは、似たような能力を有する者たちだけがわかり合える、暗号や符号のようなものが存在するのか。

なんにせよ、ユウリを送り出した隆聖は、飄々《ひょうひょう》とした様子で待機の姿勢に入った。

そこで、仕方なく、シモンも黙る。こうなった以上、あれこれ言ったところでなにがどうなるわけでもなく、今は、言われた通り、ユウリを信じて待つしかない。

一方のユウリはといえば、疾走する小舟の上で、ひとまず成り行きに身を任せていた。漕《こ》ぎ手のない小舟が、どうして動くのかはわからない。

わからないまま、霞の中にたくさんのダルトンを見る。

振り向くダルトン。

首をかしげるダルトン。

そして、歩きながら、おにぎりを食するダルトン——。

それらは、手を伸ばすと消えてしまう影のようなもので、おそらく、異なる時間が交差した瞬間に刻まれた残像なのだろう。

ただ、そのまま闇雲に進んでも埒《らち》があかないと考えたユウリは、一昨日の夜、鴨川のほとりで手に入れた馬の根付を使い、ダルトンのところまで導いてもらうことにした。なんといっても、馬は、彼方にいる魂を此方に運ぶ役目を担う。

霞たなびく異空間に、ユウリの凛とした声が響いた。

「八百万の神から諸仏、星神、諸々の御方に希《こいねが》う。木《もく》、火《か》、土《ど》、金《ごん》、水《すい》の理を通じて、我の願いを聞き入れたまえ」

続く請願。

「時と空間を違えて運び去られた友の許《もと》へと我を導け。ユウリ・フォーダムと、その友人であるキース・ダルトンを、再び相まみえさせよ」

最後に、請願の成就を神に祈る。

「木火土金水《きひづかみ》の神霊《かむみたま》・厳《いづ》の御霊《みたま》を幸《さきわ》えたまえ――。急々如律令！」

すると、請願の途中から、青、赤、黄、白、黒の五色の光が、あたりを飛ぶように漂い始めた。

ぐるぐる。

ぐるぐる。

ユウリの目の前でまわっていた五色の光は、請願の成就を祈った瞬間、竜巻のように渦を巻きながら舟の前方に向かって走っていった。

それが一点に収斂《しゅうれん》し、最後にピカッと真っ白い輝きを放つ。

まぶしさに、思わず目を覆ったユウリ。

と――。

目を瞑ったユウリの耳に、馬の嘶《いなな》きが聞こえる。

ヒヒイイイイン。

ヒイイイイイイイン。

同時に聞こえてくる蹄の音。

目をあけたユウリが見たのは、前方の空間から、こちらに向かって走ってくる馬の姿だった。

赤い馬。

燃え盛る炎を全身にまとっている。

(炎の馬だ――)

死者の魂を彼方から運び来る、南方火気《なんぽうかき》を司る馬。

そこで、ユウリは炎の馬に導かれ、疾風《しっぷう》のごとく、ダルトンのところに辿り着いた。

そうして、ようやく元上級生と再会できたのだが、ここに来る前、アシュレイに忠告されたのが、一緒にいられる時間の短さについてだった。

つまり、時計を逆まわしにして時間を相殺しながら「非時宮」に渡るユウリと、ただただ引き寄せられるまま、あちらに渡ったダルトンでは、同じ場所にいても、流れる時間の速さが違う。そのため、ダルトンを見つけたら、絶対に手を放さず、そのまま大急ぎで戻る必要があるというのだ。

「もし、あの刹那的な『快楽主義者』に乞われるがまま、途中でちんたらしていると」

アシュレイは予測した。

「あいつを摑まえても、時の壁に阻《はば》まれて、結局はまた見失うことになるはずだ。だから、とにかく急いで戻れ。わかったか?」

それで、ユウリはさっきから急いでいるのだが、ふと立ち止まったダルトンがユウリの腕を引いて言う。

「なあ、見失うって、どういうことだ？」

「それを説明すると長くなるので、今はとにかく歩きましょう」

「でも、ユウリ」

引っぱろうとするユウリを押しとどめ、ダルトンが周囲を示して言う。

「なんか、楽しそうな場所だし、せっかくだから少しブラブラしてみないか？」

「だから、そんな時間はありませんって」

両手でダルトンの腕を持ったユウリが、動かなくなった動物を引きずるように、ダルトンを動かそうとする。

だが、体格が違いすぎて、簡単には動かない。

観念したユウリが、必死に説得を試みる。

「実は、今、ダルトンは夢を見ているんです」

「夢？」

あたりを見まわしたダルトンが、半信半疑の口調で繰り返す。

「これが、夢ねえ」

「そうです。それで、僕は、ダルトンの夢の中に入り込んで、なんとかダルトンを目覚めさせようとしています。なぜなら、早く目を覚まさないと、ダルトンは、二度と目覚めなくなってしまうかもしれないんです。――なので、お願いだから、立ち止まらずに急いでくれませんか?」

　懇願するユウリを見おろし、ダルトンが眉をひそめて訊く。

「二度と目覚めないって、俺、どうかしたのか?」

「そうですね。かなり、危険な状態です。もし、このまま目が覚めなかったら、ダメかもしれません」

　その時、ユウリとダルトンの間に霞のようなものが漂った。

　それを見たユウリが、本気で恐怖を覚えたような表情をしたので、さすがのダルトンも「わかったよ」と譲歩して歩き出す。

　なんだかんだ言っても、ユウリを悲しませたり、怖がらせたりするようなことはしたくない。ただ、さすが、刹那的な「快楽主義者《エピキュリアン》」だけはあり、歩きながらユウリをからかう。

「だけど、これが夢だというなら、試しにユウリ、キスしないか?」

「……はい?」

「だって、俺の夢なら、俺の欲望のままにしていいわけだよな?」

　それに対し、歩みを速めながらユウリが言い返す。

「残念ながら、夢というのは、ままならないものですよ」

「おや。今のは、まったくユウリらしくないな。返答が、スマートすぎる。――ということとは、やっぱりこれは夢なのか。でなければ、ベルジュの入れ知恵か?」

そんな会話をしながら歩いていた二人は、町外れにある大きな鳥居を通り抜けた。その先には、川が流れていて、そこに茶色い小舟が浮かんでいる。

ユウリが、ホッとしたように言った。

「それに乗りますよ、ダルトン。急いでください」

その頃には、彼らのまわりには霞のようなものがたくさん立ち込めていて、振り返ったところには、町の姿はおろか、くぐり抜けたばかりの鳥居すら見えなくなっていた。

気づいたダルトンが、初めて何かを実感したように呟く。

「なるほど。……本当に、ここは、夢の世界なのかもしれないな」

二人が乗り込むと、茶色い小舟は、漕ぎ手もないのに勝手に水の上を滑り出し、今や完全にあたりを覆い尽くしてしまった霞の中を、かなりの速さで進んでいった。

まわりが見えないのでわからないが、たぶん飛ぶようなスピードなのだろう。

そうして、次に霞のようなものが晴れた時、そこには川も小舟もなくなっていて、代わりに、和洋折衷の整然とした応接間があった。

目を開けたダルトンを、二つの顔が覗き込んでいる。

まばたきしたダルトンが、ぼんやりした声で確認する。

「……ユウリ。それに、ベルジュ?」

「ええ、僕です」

「ああ、よかった、ダルトン！」

顔をほころばせたユウリが嬉《うれ》しそうに言うのを聞きながら、ダルトンは身体を起こしてあたりを見まわす。

すると、少し離れたソファーのところに、見慣れた顔がもう一つあるのが目に入った。

「――アシュレイか⁉」

とたん、ダルトンの記憶が、さらにごちゃごちゃになる。

「なんで、君が……？」

確か、自分は日本に来ていたはずだが、それなら、なぜアシュレイがいるのか。

それとも、自分が知らないうちに、イギリスに戻っていたのだろうか。――となると、フォーダム教授の手伝いは、どうなってしまったのか。

混乱するダルトンに、横からユウリが言う。

「説明させてください」

「ああ。むしろ、こっちからお願いしたいくらいだ」

「ですよね」

苦笑したユウリが、続ける。

「実は、ダルトンは、この三日ほど行方不明になっていました」

「行方不明？」

目を丸くするダルトンに、ユウリが「はい」と頷いて続ける。

「父が公開授業を行っていた国際会議場の控え室からいなくなり、今日の夜、京都市内を歩いているところを発見されたんです。――もしかして、何も覚えていませんか？」

「ああ」

頷いたダルトンが、額に手をやりながら言う。

「覚えているのは、控え室でおにぎりを食べようとしていたことまでだ。そのあとの記憶がなくて、気づいたら、どこか知らない町を歩いていた。そこにユウリが来て俺を連れ戻してくれて、次に気づいたら、この状況だ」

ユウリとシモンが、顔を見合わせる。

互いに何かを算段しているような目だ。

なんと言っても、「京都市内を歩いていた」という説明は、もちろんでまかせで、ダルトンは、「非時宮」からここまで、鼈甲の舟に乗って、ユウリと一緒に戻って来た。

消えた時と同様、突如として現れたユウリを見た瞬間。

「よかった、ユウリ、心配したんだよ」

ホッとして近寄ったシモンに、ユウリが放った第一声が――。

「そんなことより、ちょっと手を貸して欲しいんだけど、シモン」

──だった。

再会の喜びもあらばこそ、彼らはドタバタと現実に戻ったというわけだ。

というのも、「非時の時計」の力を使って往来したユウリよりも、時を超えることに対する負担が大きかったせいか、ダルトンは直前で気を失い、ユウリは自分よりも一回りは大きな身体を支えるのに必死だったのだ。

そこで、慌ててシモンがユウリの手からダルトンを預かり、結果、行方不明だった元上級生がソファーで目覚めるという先ほどの場面になった。

そして、好奇心旺盛で、ユウリの能力を知った暁には、自分の興味のためにまとわりつくであろうダルトンが気を失ってくれたのを幸いと、「非時宮」での出来事をすべて夢の中の話とし、現実のこととしては、警察などに対して用意したシナリオ通りの説明を施すことにした。

どうやら、それで納得してもらえそうだとユウリとシモンが思っていると──。

「もっとも、あんたの場合」

離れたところに座っていたアシュレイが、意地悪く口をはさんだ。

「本当に覚えていないのか、それとも、お遊びが過ぎて、そんな言い訳しかできなくなったのか、判断に迷うところだな」

それに対し、ダルトンがムッとしたようにかつての下級生を見るが、それ以上に、ユウリが「アシュレイ！」と食ってかかる。

そんな嫌味を言わずとも、アシュレイは事実を知っているわけで、それにそもそも、彼がダルトンに「非時宮」を秘めた龍の根付を渡していなければ、こんな騒動は起こらなかったのだ。真実を知ったら、ダルトンはどう思うことか。

その辺の事情を踏まえての「アシュレイ！」だったのだが、本人はどこ吹く風だ。

それどころか、立ちあがりながら平気でうそぶく。

「なんにせよ、人騒がせな割になんてことない結果だったよ。——ということで、期待したほどには楽しめなかったが、まあ、退屈しのぎにはなったな」

そのまま、部屋を出ていこうとするアシュレイに向かって、ユウリが訊く。

「え、アシュレイ、どこに行くんです？」

「もちろん、帰るんだよ。俺は、忙しいんでね。後始末は、ヒマ人に任せる」

「——て、ちょっと、待ってください」

そんな無責任な話があるかと思い、必死で止めようとしたユウリだが、そのユウリをシモンがやんわりと止める。

「いいから、好きにさせたらいいよ、ユウリ」

「だって——」

反論しようとするユウリを指先一つで抑え、シモンが続ける。

「どうせ、いてもらってもイライラするだけだし、彼の顔を見ないですむなら、僕としては、ちょっとした面倒事を引き受けても構わないくらいだ。だから、このまま行かせてしまったほうがみんなのためにもいい」

それを背中で聞いていたアシュレイが、ドアを通り抜けざま、チラッと青灰色の瞳でシモンを睨んだ。

もちろん、わかっていて平然と受け止めたシモンが、アシュレイの後ろ姿が見えなくなったところで、言う。

「さて、ダルトンもこうして目覚めたことだし、隆聖さんが戻ってくるまで、まだ少し時間もあるようだから、家の人に頼んで、何か食事を作ってもらおう。あるいは、食べに出てもいいし」

「ああ、それはいいな」

ダルトンも、すぐに同意する。

「考えたら、すごく腹が減っているかも」

さすが、シモンもダルトンも、どこにいても一目置かれる大人物であるだけに、異国の地で大変な目に遭っても、食欲を失くすことなくアクティブに人生を楽しむつもりらしい。

そこで、ユウリは立ちあがり、顔見知りのお手伝いさんをつかまえて、美味しい和食の朝食を用意してもらうことにした。
早朝の陽射《ひざ》しが、そんな彼らを包み込む。

# 終章

羽田《はねだ》空港で帰国するダルトンを見送ったユウリとシモンは、京浜《けいひん》急行の駅に向かいながら、今日の予定を話し合う。ちなみに、タクシーを使ってもいいのだが、ダルトンと同じく、シモンも、異国の街を回るのに、できる限り自分の足を使いたいと思うタイプだった。

それで、ここへ来るまでの道のりは、さすがにダルトンの荷物があったのでタクシーにしたが、このあとは電車での移動を考えている。

「スカイツリーは見たし、浅草《あさくさ》も行ったし、秋葉原《あきはばら》も体験したし……」

思いつく地名をあげていくシモンに対し、ユウリが「なんだかんだいって」と言う。

「ダルトンも、やっぱり精力的だよね」

「確かに」

苦笑したシモンが、続ける。

「三日間も行方知れずになっていた人とは思えない」

結局、行方不明で捜索願の出されていたダルトンは、三日間、東京と京都を彷徨《さまよ》っていたということで、話はまとまった。最後に目撃された国際会議場の控え室からトイレに行く途中、転んで頭を打ち、その後、記憶が曖昧《あいまい》なまま、あちこちを歩きまわっていたという筋書きだ。

もちろん、国際会議場の監視カメラの映像はすべてチェックされているので、そんなことはありえないのだが、警察庁の上層部にも絶大な影響力を持つ幸徳井《かでい》家からの申し入れがあったため、そのあたりはうやむやにされ、結果、「見つかってよかったね」ということになったのだ。

さすが幸徳井家である。

持つべきものは、権力とコネクションとでも言いたくなるような鮮やかさだった。

そして、当のダルトンはといえば、三日間もいなくなっていたわりに元気で、幸徳井家で朝食を食べたあとは、すっかり元の快活さも取り戻した。

しかも、いろいろあったため、フォーダム教授の手伝いを続けることはやめたほうがいいということで、休養を口実に、予定より多くの観光を楽しんで帰ったのだ。

転んでもタダでは起きない人間がここにもいたかと、ユウリなどは、嬉《うれ》しさ半分、呆《あき》れ半分で思っていた。

「でもまあ、大事に至らなくてよかったね」

シモンの言葉に、ユウリが深く頷《うなず》く。

「本当。イギリスのマスコミに嗅《か》ぎつけられることもなく、万事めでたしだよ」

ＩＣカードで改札を通り抜けたユウリが、「あ、だけど」と思い出したように言う。

「問題の印籠《いんろう》と根付《ねつけ》、あれを丸ごとアシュレイが忘れて帰ったんだけど、やっぱり、連絡したほうがいいよね？　――というか、あんな高価なものを忘れて帰ること自体、信じられないんだけど」

だが、ユウリに続いて改札を抜けたシモンが、「そのことなら」とさらりと告げる。

「忘れて帰ったのではなく、単に置いて帰ったんだよ。つまり、あれも後始末の一つというわけさ」

「そうなんだ？」

「それで、当初の予定通り、あれは、ベルジュ家の方で買い取ることになった」

「本当に⁉」

「うん。隆聖さんが霊視してくれた結果、アシュレイが推測したように、時計さえ動かさなければ、根付のほうも特に問題はないそうだし、虎《とら》だけでなく、あの龍《りゅう》の根付もすべて込みで、アシュレイが落札した値段で引き取るということで、話がまとまったんだ」

つまり、あっさり三億円近いお買い物である。

「まあ、当初の予定より高くなったけど、あの龍の根付は、その分を補うだけの価値はあるし、牛の根付も、幸徳井家の人が池のそばに落ちていたのを見つけてくれたから、それも合わせればトントンじゃないかな」

「へえ」

トントンなんて軽い言葉で片づけるには、金額が大きすぎる気もするが、アシュレイとシモンの間でかわすやり取りであれば、それもありなのだろう。

ユウリが言う。

「それなら、僕が買ったニワトリも、そこに加えてもらえる？」

「いいのかい？」

「うん」

「それなら、昼食の時にでも金額を言ってくれたら、小切手を切るから」

とたん、ユウリが両手をあげて断った。

「冗談。お金なんていらないって」

「また、ユウリ。そんな欲のないことを言って」

シモンが呆れて、人の好い友人を見おろす。

「君、アレが、どれくらいの価値があるか、わかっているだろう？」

「そうだけど、僕自身、高額で買ったわけではないし、もしどうしてもというなら、買った値段を払ってもらうよ。でも、基本、いらない。ニワトリも、他の仲間と一緒になれたら嬉しいだろうし、きっと、そのために、僕のところに来たんだろうから。――あ、それとも一つ」

　ユウリが、片手をあげて言う。

「馬の根付が幸徳井家にあるから、それもついでにもらうといいよ」

「だから、ユウリ」

　普通、美術品は、「もらう」ではなく、「売る」と「買う」なのだ。そして、「売る」と「買う」というやり取りには、必ず金銭の受け渡しが伴う。

　だが、それをユウリに言ったところで、糠《ぬか》に釘《くぎ》を打つようなものなので、シモンは言った。

「……まあ、交渉はしてみるけど」

「そうしてくれる？　馬のためにも。――あ、シモン、電車が来てる！　急ごう！」

　すでに根付のことなんて忘れたように駆けだした後ろ姿を追いながら、なんとなくこの友人の従兄弟《いとこ》であれば、交渉するまでもなく、馬の根付をポンと投げてよこしそうだと想像し、シモンは思わず苦笑する。

　そんな二人を急《せ》かすように、発車のベルが鳴り響いた。

# あとがき

台風一過の秋晴れです。

なかなか清々しく過ごしやすいとはいえ、問題は、今が十月ということで、最近の台風は、けっこう寒くなってもやってくるものなんですね。前日は、薄いコートが必要なくらいの肌寒さだったのに、びっくりです。しかも、横浜も、珍しくかなりの大雨に見舞われ、近所のお寺が土砂《どしゃ》崩れの被害に遭ってしまいました。いつもお参りしているだけに、とても悲しいです。

皆さまはご無事でいらしたでしょうか。こんにちは、篠原美季《しのはらみき》です。

そんな中、ホワイトハートでは前回に引き続き、「欧州妖異譚《おうしゅうよういたん》」をお届けしました。さほど間を空けることなく刊行できて、ホッと一安心。

内容としては、区切りのいい十巻目ということで、久しぶりに日本を舞台にしてみました。タイトルは、『非時宮《ときじくのみや》の番人』で、漢字が読めないという方は、大勢いらしたと思います。橘《たちばな》の別名をヒントにして私が作った言葉なので、調べても出てこないし。てへ。

そして、なんと、ダルトンが日本に――。

なんだか、ロンドンでのユウリとシモンといい、日本でのユウリとダルトンといい、すっかり観光案内のお話になってしまった気がします。あ～、おばんざいが食べたい！　欲をいえば、セイラやクリスも出したかったのですが、いかんせん、子育てをしたことのない私に、クリス相手に奮闘《ふんとう》する姿は描けず、泣く泣く諦《あきら》めました。クリスに夢中のユウリを見てみたかった。あるいは、クリスに夢中のシモンとか！（笑）

テーマは、根付《ねつけ》です。

根付は、ずっと書いてみたかったのですが、調べてみてわかったのは、資料が圧倒的に少ないということです！

あまりの少なさを憂《うれ》い、高円宮妃久子《たかまどのみやひさこ》様が、丹念な調査の下《もと》、自ら論文をお書きになっているほどでした。その論文を含め、ここに、今回、参考資料とさせていただいた書籍をあげ、御礼の代わりとさせていただきます。毎度のことながら、これらの素晴《すば》らしい資料があって初めて、私などの小説は成り立っています。

・「学位論文　根付コレクションの研究　―高円宮コレクションを中心に」　高円宮妃久子著　大阪芸術大学
・「別冊太陽　骨董をたのしむ４　印籠と根付」　平凡社

・『NHK美の壺　根付』　NHK出版
・『十二支の民俗誌』　佐藤健一郎・田村善次郎共著　八坂書房
・『十二支』　吉野裕子著　人文書院

さて、日本といえば、夏休み。——あ、いや、もちろん、「欧州妖異譚」での話です。なんといっても、ヨーロッパで暮らす彼らが、こぞって日本にやってくる機会なんて、夏休みをおいて他にないですから。なので、時間の流れから言っても、十一巻目は、新学年に入り、ロンドン大学は、なにやら騒がしくなりそうです。

ただ、その前に——。

久しぶりに隆聖《りゅうせい》さんを書きましたが、隆聖さんって、やっぱり絵になる人ですね。物語の展開上、一応アシュレイも登場させましたが、この調子なら、アシュレイのいない日本を舞台にした話も、十分いけそうな気がします。

そういったことも含め、来年一年間、ちょっと「欧州妖異譚」はお休みして、少し違う角度から「妖異譚」の世界を楽しんでいただこうと思っています。

ただ、どうすれば、一番皆さんに楽しんでいただけるのか。編集部の意見も取り入れて色々と考えた結果、やっぱり、なんだかんだいっても、セント・ラファエロを舞台にした話が読みたいのではないかということで、とりあえず、三部作をやることにしました。

タイトルは未定ですが、たとえば「セント・ラファエロの怪異事件簿」とか、意図の明白なものがいいのではないかと思っています。ぜひ、楽しみにしていてください。

最後になりましたが、今回も素敵なイラストをつけてくださったかわい千草《ちぐさ》先生、またいつも手に取って読んでくださっている方々に多大なる感謝を捧《ささ》げます。

では、次回作でお会いできることを祈って——。

みなとみらいの夕方のざわめきの中で

篠原美季　拝

『非時宮の番人　欧州妖異譚10』、いかがでしたか？

篠原美季《しのはらみき》先生、イラストのかわい千草《ちぐさ》先生への、みなさまのお便りをお待ちしております。

篠原美季先生のファンレターのあて先
〒112-8001　東京都文京区音羽2-12-21　講談社　文芸シリーズ出版部「篠原美季先生」係

かわい千草先生のファンレターのあて先
〒112-8001　東京都文京区音羽2-12-21　講談社　文芸シリーズ出版部「かわい千草先生」係

N.D.C.913　276p　15cm

篠原美季（しのはら・みき）

講談社X文庫

4月9日生まれ、B型。横浜市在住。
「健全な精神は健全な肉体に宿る」と信じ、
せっせとスポーツジムに通っている。
また、翻訳家の柴田元幸《しばたもとゆき》氏に心酔中。

white heart

非時宮《ときじくのみや》の番人《ばんにん》　欧州妖異譚《おうしゅうよういたん》10

篠原美季《しのはらみき》

●

2014年11月4日　第1刷発行

定価はカバーに表示してあります。

発行者――鈴木　哲
発行所――株式会社 講談社
東京都文京区音羽2-12-21 〒112-8001
電話 編集部 03-5395-3507
販売部 03-5395-5817
業務部 03-5395-3615
本文印刷―豊国印刷株式会社
製本――株式会社千曲堂
カバー印刷―信毎書籍印刷株式会社
本文データ制作―講談社デジタル製作部
デザイン―山口　馨



ISBN978-4-06-286843-3

# 講談社X文庫ホワイトハート・大好評発売中！

## サラマンダーの鉄槌
ホミサイド・コレクション

**篠原美季**
絵／加藤知子

幻のゲーム殺人事件に瑞希と千祥出動!! 大学生ゲームクリエーターが殺された。彼の作ったゲームソフトは、販売元が火災にあい焼失していたが、ネット上では高額で売買されている。そのからくりは!?

## 尾を広げた孔雀
ホミサイド・コレクション

**篠原美季**
絵／加藤知子

グラビアアイドル殺人事件に瑞祥コンビは？ 異色の刑事集団『Gイレブン』のお調子者、神原瑞希は身分を隠し、アイドルとの合コンに参加。数日後、そのアイドルの一人がテレビ局で絞殺死体で発見される……。

## 虚空に響く鎮魂歌《レクイエム》
ホミサイド・コレクション

**篠原美季**
絵／加藤知子

ホミサイド・コレクション、シリーズ最終話！ 都下の孤島をロケのため訪れたテレビクルーの一人が謎の死を遂げた。奥多摩で発見された人骨の一部と関わりはあるのか？ 瑞希は、捜査のため島へ飛んだ！

## 時迷宮
～ヨコハマ居留地五十八番地～

**篠原美季**

開港前、開港後の横浜が舞台！ 明治中期、日本一の交易都市、横浜は羽振りのいい商人や外国人たちで活況を呈していた。そんな横浜港の底辺で働く貫太郎が殺された！ 隠された前世の因縁とは!?

## 桃《もも》時雨《しぐれ》
～ヨコハマ居留地五十八番地～

**篠原美季**
絵／土屋ちさ美

錯綜する彼岸と現世を芭介がつなげる！ 西洋骨董店「時韻堂」の店主・深川芭介は、プランシェットを使って交霊会を開く。そこで、呼び出してしまった鬼女。伝説の真葛焼に込められた怨念とは？